청춘은

청춘에게

주기

아깝다

청춘은 청춘에게 주기 아깝다

초판 1쇄 발행 2022년 5월 2일
초판 1쇄 발행 2022년 5월 9일

지은이 조수빈
펴낸이 정해종
편 집 현종희
디자인 유혜현

펴낸곳 ㈜파람북
출판등록 2018년 4월 30일 제2018-000126호
주소 서울특별시 마포구 토정로 222 한국출판콘텐츠센터 303호
전자우편 info@parambook.co.kr **인스타그램** @param.book
페이스북 www.facebook.com/parambook/ **네이버 포스트** m.post.naver.com/parambook
대표전화 (편집) 02-2038-2633 (마케팅) 070-4353-0561

ISBN 979-11-92265-26-1 03810
책값은 뒤표지에 있습니다.

청춘은
청춘에게
주기
아깝다

조수빈 지음

파람북

20대의 나는 참 버킷리스트가 많았다.
그중 하나는, 내 이야기를 담은 책을 내는 것.

한동안 원고를 열심히 쓰기도 했지만,
책을 내 작가가 되고 싶다던 나의 꿈을
잊고 있었던 것은 왜였을까.
사회활동에 쉴 틈이 없어서였을까.
결혼을 하고 아이를 낳느라 바빠서였을까.

"청춘은 청춘에게 주기 아깝다."
Youth is wasted on the youth
버나드 쇼의 말처럼, 내 청춘을
책 한 권으로 정리할 시기는 아니었는지도 모른다.

어릴 때는 특별한 사람들이 책을 쓰는 줄 알았고,

책을 내면 대단한 사람이 되는 줄 알았다.

말의 무게를 알게 된 것은

시간이 흐르게 된 후.

그리고 책에 나오는 사람들 말을 다 믿을 것도 아니라는 점도

크고 나니 알았다.

무엇보다 말로 흥한 사람이 말로 망하는 것을

너무도 많이 보았다.

그렇게 한때는 나의 생각을 온전히 꺼내는 것이 겁났다.

하지만 조금 더 시간이 지나니 다른 생각이 들었다.

대단한 사람이건 아니건

특별한 자격을 갖추었건 아니건,

한 청춘의 기록이 누군가에겐

작은 용기와 희망을 줄 수 있지 않을까.

적어도 꿈 많던 시절의 내가

이런 생각으로 수많은 '오늘'을 쌓아왔다는 건

말할 수 있지 않을까.

'조기은퇴'를 꿈꿨지만

여전히 나는 방송 일을 하고 있고

나의 일을 사랑한다.

나만 생각하는 이기적인 사람이었지만

한 사람의 아내가 되고 아이들의 엄마가 되면서

나를 버리는 법도 배우게 됐다.

살다 보니 어려운 날도 있었으나

결과적으로 늘 헤쳐갈 수 있었던 것은

많은 사람들의 도움과,

무엇보다 차곡차곡 성실하게 '오늘'을 쌓은 덕분, 아닐까.

20대 청춘의 실수와 방황을

40대 길목에서 다시 보려니

낯간지럽고 참으로 부끄럽다.

하지만 그 역시 내가 살아왔던 나날들이므로,

누군가에겐 도움이 되길 바랄 뿐이다.

언젠가 나의 아이들이 '우리 엄마는 이런 생각을 하고 살았구나'

또 나와 비슷한 일을 하고 싶어 하는 후배들이

'인생 선배로서 조수빈은 이런 마음으로 살았구나' 하는

자그마한 이해로 남길 바라면서,

가슴 한편에 심어둔 채 잊었던

내 꿈을 다시 용기 내어 들춰본다.

십 년 전에 쓰던 옛 일기들로부터 시작된,

세상에 태어날 줄 몰랐던 나의 청춘 기록.

서툴고 부끄럽지만

청춘의 기록은 그 자체만으로도 아름답다고 믿으며,

이 책을 읽어주실 독자들께

진심으로 감사드린다.

2022년 5월

조수빈

차

례

1
사랑한다는 그 사실만으로도 사랑스러운

2

나의 목소리는 오직 당신을 위해

3

혼자라는 생각이 들 때 찾아온

1

사랑한다는 그 사실만으로도 사랑스러운

실수연발에, 어설프기 마련.

하지만 무엇보다 청춘을 성장시키는 것은 바로 그것,

사랑이 아닐까.

청춘은 청춘에게 주기 아깝다

청춘 한가운데 있는 사람은 모른다. 꽃망울이 터질 듯 말 듯 하는 스물, 그 얼마나 아름다운 시기인지를.

입시지옥에서 살아남아, 어른이 됐다는 생각에 한껏 부풀었던 대학 신입생. 수능을 갓 끝내놓고 백화점 화장품 매장에서 처음 받아본 메이크업은 각시탈을 쓴 것 같았다. 깜짝 놀라 '다시는 화장하지 않을 거야!' 결심했던 것도 잠시. 피부 톤을 잡아준다는 녹색 베이스를 깔고, 왜 자꾸만 풀어지는 건지 모를 쌍꺼풀을 삐뚤빼뚤 애써 아이라이너로 감추며 아침 일과를 시작했다. 쌍꺼풀 풀린 건 남들은 모르고 나만 알아본다는 사실, 그리고 세수한 민낯이 정말 예쁜 시절이라는 사실도, '샤' 자 대학에 막 입학한 여대생은 모르고 있었다.

바로 그 순간. 한 듯 만 듯 투명 화장에 포인트가 된다는 립틴트가 대한민국을 강타하고, 강남역 사거리에는 검정 민소매에 딱 붙은 쫄바지를 입은 지오다노 광고가 떡하니 걸렸다. 그 주인공은 긴 생머리 흩날리던 '엽기적인 그녀', 전지현이었다. 패션, 외모, 몸짓 모든 것이 '청춘'의 상징이던 스무 살의 그녀. 새천년 대학가 남학생들 모두의 이상형이 아니었을지.

　　그리고 그녀는 나의 이상이기도 했다. 청춘에 첫발을 내딛던 시절, 〈엽기적인 그녀〉를 모두 스무 번, 극장에서만 세 번 보았다. 잊지 못할 첫인상이었다. 곤드레만드레 지하철에서 구토하고 남자 뒤통수나 때리고 다니질 않나, 다른 여자라면 분명 눈꼴사나웠을 그 짓을…, 아기 같은 얼굴의 그녀, 참 사랑스럽게도 연기했더랬다.

　　그 '센' 행동들이 왜 그렇게 '쿨'하게만 보였던 걸까? 나는 '사랑'이 정작 어떤 의미인지도 모르면서 영화 속 로맨스에 흠뻑 빠졌다. 그리고 정작 '그녀'는 빼고 '엽기'만 따라 한 것 같다. 하지만 타고난 미모도 아니고 범생이로 10대를 재미없이 보냈기에, 내 스무 살은 어색하기만 했다. 영화를 처음 봤던 날 함께 했던 고딩 친구는 지금 멋진 방송 기자님이 됐고, 화장이 민망했던 나는 20년 가까이 '풀메'가 일상인 아나운서로 살고 있지만, 하…. 그때는 촌스럽고 또 촌스러웠으리라. 어릴 때부터 쓰던 안경도 벗지 못했던 나다. 고등학생 특유의 땟국이 줄줄.

성인의 날이라며 태어나 처음 붉은 장미를 스무 송이나 받던 날
도 그랬을 터. 내게 장미를 건넨 동급생과 두 번째로 극장에서 〈엽기
적인 그녀〉를 보았다. 연애를 글로 배우면 안 된다더니, 영화로도 배
워선 안 된다. 〈엽기적인 그녀〉에 꽂힌 나의 소꿉장난 같은 연애가
어땠을지는…, '흑역사'로 감춰두련다.

스무 살 나는, 스무 살의 나에게 만족하지 못했다. 얼른 나이를
먹고 싶었다. 얼른 서른쯤 되고 싶었다. 안경을 벗을 용기도 없었던
탓에 아무에게도 말하지는 못했지만, 아나운서가 되고 싶었다. 요즘
태어났다면 유튜버가 되고 싶었을까? 사람과 세상을 연결해주던 영
상매체가 오직 TV뿐이었던 시절에 자란 나는, 또 우리 시절 여대생
들은, '아나운서'란 직업을 많이들 동경했다. TV에 나와 멋진 방송을
하는 내 모습을 매일같이 머릿속에 그렸다. 그렇게 발돋움해 올라서
기만 하면 인생이 무작정 편하고 매끄럽고 화사할 줄로 착각하면서.
　어찌나 열심히 그 꿈을 그려갔는지, 적어도 '더 이상 노력할 수
없을 만큼' 노력한 것만은 확실하다. 스마트폰과 구글의 등장으로
세상이 완전히 바뀌어버린 지금, 그 시절 좀 더 창조적인 꿈을 꿨어
야 했다고 뒤늦게 깨닫고 있지만.

알에서 깨어나 세상을 만난 병아리가 그럴까. 모든 것이 '처음'이
었던 스무 살. 모든 게 새롭고 신기하고 낯설었다. 요새야 대학 들어

가자마자 취업 고민부터, 취업하고 나면 껑충 뛴 집값에 끝없이 미래를 걱정한다지만, 내가 입학하던 2000년은 캠퍼스의 낭만이 아직은 남아있던 시절이었다.

IMF라는 험난한 시절을 지나, 물론 여전히 힘드셨던 분들도 계셨겠지만, 새로운 세기가 펼쳐졌다는 설렘 때문에 그렇게 다가왔을 수도 있겠다. 내가 해맑게 대학을 다닐 수 있었던 것은 평범하지만 젊었던 아버지 덕이 크다. 20대 초반에 나를 낳은 아버지는 내가 대학생 때 마흔 초반, 지금의 내 나이였다. 내가 아이 둘 엄마가 되고 보니 부모가 젊다는 건 큰 축복이다. 게다가 마흔 초반이면 한창 일할 나이 아닌가? 아버지는 방송기자가 되고 싶었지만 제일 인기였던 회사 면접에서 물을 먹었고, 어린 딸 때문에 얼른 취직해야 했다. 포기하기에는 자존심이 상했지만 딸, 그러니까 나 때문에 눈을 낮춰 간 직장은 은행이었고, IMF 때 대규모 구조조정을 피한 몇 안 되는 곳 중 하나였다.

크게 부자는 아니었어도 내 스무 살이 그래도 낭만적으로 기억에 남아있는 건 전적으로 '젊은 아빠' 덕분인 걸 이제야 깨닫지만, '젊은 부모'의 '젊지 않은' 면은 답답했다. 법적으로 어른이 됐는데도 어른의 자유는 도대체 왜 안 오는 거지? 세계를 누비고 싶은 꿈에, 유행이던 어학연수를 몇 달 내내 졸랐지만 '여자가 어디 집 밖을…' 이라는 펀치만 훅 들어왔다. 당연히 밤늦게 들어오는 것도, 외박도 허락하지 않은 분들이었다.

하지만 스무 살의 어느 날, 나는 친한 언니들과 무작정 무궁화 열차를 타고 춘천 여행을 떠났다. LG 싸이언 폰으로 엄마에게 달랑 문자 한 통 남기고. 생각해 보니 그땐 문자 보낼 때 글자 수 제한도 있었다. 걱정은 뒤로 한 채 닭갈비부터 배불리 먹었다. 그리고 극장 간판도 손으로 그린 춘천의 어느 허름한 극장에서 언니들과 세 번째로 〈엽기적인 그녀〉를 보았다.

학과에서 일본 대학에 단기 연수 프로그램이 생겼다는 사실을 알고 도전하게 된 것도 그즈음이었다. 뭘 하는 프로그램인지도 잘 모르면서 국경 밖으로 나가고 싶은 마음만 가득했다. '어학연수를 안 보내주는 아빠도 학교에서 보내준다면 허락하겠지…' 하지만 나는 일본어라고는 히라가나도 제대로 몰랐다. '일본 거주 경험이 있는 동기가 신청하는 걸 보니 보나마나 나 같은 애는 안 뽑겠지.' '적어도 일본어는 해야 하지 않을까?' 그렇게 생각하는 게 당연했다.

하지만 스무 살이 뭔가. 안 되면 또 어떤가. 찔러보지도 않는다면 그건 청춘이 아니다.

떠듬떠듬 일본어를 익히고, 정성껏 학습계획서를 썼다. 일본어도 일본도 모르거니와, 외국 자체를 안 나가 본 내가 할 수 있는 건 그냥 교수님들 면접에서 열심히 어필하는 것뿐이었다.

대단한 것까지는 아니었지만 어쨌든 스무 살의 도전, 선택받은 건 나였다. 어이없는 건 해당 프로그램이 일본 문부성에서 '일본을 잘 모르는' 해외 학생들에게 일본을 경험시키는 게 목적이라, 일본어에 해박한 경쟁자들 대신 그저 열심히 하겠다는 의지뿐인 내가 뽑힌 거다. 지레 '일본어 못하니까 안 되겠지.' 하고 넣어보지도 않았다면 행운이 내 곁을 지나치는 줄도 몰랐을 거다. 덕택에 나는 처음으로 여러 나라 학생들과 어울려 더 넓은 세상을 경험하게 되었다.

소가 뒷걸음질 치다 만난 행운이었지만 이 경험을 통해 중요한 삶의 원칙을 갖게 되었다. '뭐라도 해야지. 그러다 보면 뭐라도 걸린다.'

그 뒤로 지금까지 아이 둘 키우면서 계속 일을 할 수 있었던 것도 이 첫 경험 덕분이었다. 대단히 잘하는 것도, 대단한 전략이 있었던 것도 아니지만 이 나이까지 난 늘 뭔가를 하고 있다. 무슨 자격을 갖춰야 하는지, 잘할 수 있을지, 이런 나를 남들이 어떻게 볼지 생각하지 않고 행동부터 하는 것.

그땐 뭣도 모르고 비행기를 탔지만, 동경외대에서 지냈던 단 두 달은 나의 청춘을 완전히 바꾸어 놓았다. 지금 생각하면, 무모한 시도를 반복하던 '엽기적인 그녀' 영향을 받았나 싶다!

그녀를 처음 봤을 땐 밝고 가볍게 튀는 로맨틱 코미디의 주인공인 줄만 알았다. 그리고 두 번, 세 번…, 웃기던 그 영화는 스무 살의 나를 울리고, 찡하게 만들었다. 아무도 모르는 보물, 그녀의 진짜 비밀을 발견한 것이다.

영화 속 그녀는 늘 시나리오를 쓴다. 그런데 SF와 짬뽕한, 엉터리 유치찬란 막무가내다. 왜 그녀는 조선 시대와 미래를 오가며 정신 나간 이야기만 쓰는 것일까? 남자주인공 견우(차태현 분)와 헤어질 때 왜 하필 편지를 타임캡슐에 담았을까?

감독은 '시간'에 대한 장치를 곳곳에 숨겨두었다. 영화를 여러 번 보다 보면 숨은그림찾기처럼 낯선 장면들이 툭툭 튀어나온다. 여관 주인과 감방에서 만난 깡패는 왜 같은 배우일까. 여관 벽에 걸려 있던 '다섯쌍둥이' 기사는 무슨 의미일까. 세 번째 보았을 때야 조각조각 흩어진 퍼즐이 맞춰지고 숨겨졌던 장면이 보였다. 단순한 웃음 코드인 줄 알았던 장면의 의미가 딱딱 맞아떨어졌다!

모든 이야기는 '시간여행' '과거의 재현'으로 귀결된다. 엽기적인 그녀는 시간을 넘나들고 싶었던 거다. 사랑했던 사람이 살아있는 그 순간을, 시나리오로 쓰고 또 쓴 거다. 시간을 돌리는 힘. 그래서 죽은 옛사랑을 다시 만나는…, 전지전능한 힘을 바라며.

옛사랑을 떠나보낸 그녀는 얼마나 엽기적이었나? 전지현 아닌 내가 그랬다간 따귀를 맞았겠지. 새로운 사람, 견우를 만나고 기행은 얼마나 가관인가. 알고 보니 그건 '시간과의 싸움'이었다. 예를 들면 견우에게 장미꽃을 들고 캠퍼스에 찾아와 달라고 한 건, 세상을 떠난 옛사랑이 해준 일이었다. 고등학생이던 그 시절처럼 교복을 입고, 견우와 나이트에 가기도 하고. 여주인공이 미래의 견우를 만나는 장면도 있다. 타임캡슐을 묻었던 나무 아래서. 그 장면이 스리슬쩍 지나가 포착한 사람들이 거의 없다. 장치를 심어두고도 관객이 깨닫지 못한 건 연출의 불찰일까. 나처럼 영화를 곱씹어 보는 사람을 위한 숨은 배려일까.

"견우야, 나 미래의 너를 만난 거 같아."

그 순간 스무 살의 나도 미래의 나 ─ 글을 쓰고 있는 지금의 나 ─ 를 만났다. 스무 살의 나는 영화 한 편을 여러 번 볼 만큼 여유로웠고, 작은 장면에도 몰입할 만큼 순수했다. 그 장면은 무슨 뜻일까 밤새 해석해 볼만큼 집요하기도 했다.

인생의 장면도 영화처럼 반복된다. 똑같은 벽에 또 부딪히고, 풀어야 할 숙제의 이름만 바뀐다. 때로 일상은 지루할 만큼 뻔하게 느껴진다. 같은 영화를 여러 번 보면 다음 내용을 다 알고 있다고 '착각'하는 것처럼. 하지만 무심코 지났던 장면에 숨은 의미가 있듯, 삶의 같은 장면을 새롭게 받아들일 때마다 인생의 퀄리티는 달라지는 거였다. 작은 일에도 감격하고 감탄하고 기뻐할 수 있었던 순간이 그러니 얼마나 소중했던 것인지, 이제는 알 것 같다.

최근에 영화 한 편을 그렇게 깊게 본 적이 있었나. 남몰래 여주인공을 따라 할 만큼 순진했던 적 있었나. 아, 언제 이렇게 세월이 흘러버렸나. 타임캡슐에 묶어두고 싶던 시간은 나도 모르는 새 지나 가 버렸다.

시간과 시간이 교차하는 〈엽기적인 그녀〉를 마지막으로 보고도 아득한 시간이 흘렀다. 이제는 새벽배송을 선전하는 전지현이 애 둘 엄마가 됐다는 게, 내 또래들은 실감이 안 난단다. 과연 그녀도 아침 밥을 할까? 시간의 흐름은 나만 정통으로 맞은 게 틀림없다. 풋풋하 지만 촌스럽고, 순수하지만 서툴렀던 스무 살 여대생은 아나운서가 됐고, 결혼을 했고 아이를 낳았고 정신없는 사이 30대를 홀딱 보내 버렸다. 화면 속에선 차가운 도시 여자처럼 냉정할 때가 많지만 사 실 난 여전히 '엽기적'인 걸까. 영화 속 전지현처럼 여전히 엉뚱한 짓을 일삼기도 하는 걸 보면.

서른이 됐을 땐 소중한 줄 모르고 지나친 20대가 사무쳤다. '잔 치는 끝났다.' 마흔이 되고 보니 이제는 알겠다. 그렇게 자조하던 30 대조차 그립다는 걸, 그리고 오늘은 항상 내 인생에서 가장 '젊은 날'이라는 것 또한. 계속 그렇게 아쉽게 흘러가 버릴 것이다.

가끔은 시간을 되돌리고 싶다. 촌스러웠지만 순수하고 상상력 넘치던 스무 살로, 가끔은 돌아가고 싶다. 인생이 아픈 건 남자친구 한테 차일 때 정도였던 시간으로 말이다. 타임머신이라는 게 있어서 시간을 돌릴 수 있다면. 같은 선택을 했을까? 그럼 지금의 나는 다르게 살고 있을까?

처음 대학 캠퍼스를 거닐던 날, 첫사랑을 만나던 떨리는 순간, 가고 싶은 직장에 붙는 게 최대 숙원이던 날들, 춘천의 조그만 극장, 처음 만난 외국 친구들, 장미꽃 스무 송이를 받던 어른 되던 날…. 순서가 마구 섞인 채 그 시절의 감각만이 소낙비처럼 들이닥친다.

지금 알고 있는 걸 그때도 알았더라면, 그때의 내가 청춘인 것만으로 예쁘다는 걸 알았더라면, 하지만 참 부질없다. 어차피 그 시절에 속한 이는 깨닫지 못할 것이다, 돌아갈 수 없는 시간이 얼마나 빛나는지를. 그러니,

청춘은 청춘에게 주기 아깝다.

굿바이, 레트 버틀러

첫사랑의 기억은 강렬하다. 첫 키스의 기억도 강렬하다. 언제나 삶을 뒤바꾸는 그것은 때로 마치 어제의 것처럼 뜨겁기도 하다. 내게도 그런 사람이 하나 있었다. 열렬히 사랑했고 평생 그 키스를 잊지 못했던 남자. 한 번도 만난 적은 없지만 말이다.

내 나이 열두 살이었다. 모두가 곤히 잠든 밤, 홀로 잠을 깼다. 세상이 멈춘 것처럼 고요한 시간이었다. 웬일인지 거실 텔레비전 혼자서만 심장 뛰는 생명체처럼 환하게 켜져 있었다.

〈주말의 명화〉. 그날의 영화는…. 〈바람과 함께 사라지다〉.

눈을 뗄 수 없었다.
가슴이 콩닥콩닥. 맥박은 두근두근. 〈시네마천국〉에서 꼬마 토토가 최초로 키스 신을 목격(?)하는 순간의 눈동자같이, 토끼 눈처럼 땡그랭. 영화에서 본 첫 번째 키스 신. 숨쉬기조차 두려운 강력한 떨림, 그것이 내 온몸을 감싸 안는 감각.

그것이 나의 첫 키스의 기억이다. 스칼렛(비비언 리)의 한 줌 허리를 꺾어질 듯 껴안고 격정적으로 키스하던 레트 버틀러(클라크 게이블)!

요즘에야 온갖 유해 영상이 넘쳐나 초등학생도 옛날 '국민학생'은 아니라고 한다. 하지만 그 시절에는 넷플릭스가 뭐냐, 인터넷도 휴대전화도 없고 영화 한 편도 비디오 대여점을 가서 빌려보던 90년대 초반이다. 요즘 어린이들은 모를 〈주말의 명화〉 속 장면을 목격하며, 사춘기가 올 듯 말 듯 하던 열두 살 소녀는 알 수 없는 감정에 손끝이 저릿했다. '너 뭐 하는 거니!' 엄마한테 딱 걸리는 거 아닐까, 왠지 보면 안 될 걸 훔쳐보는 느낌에 조마조마했지만, TV를 끌 수도, 채널을 돌릴 수도 없었다.

우아하고 철없는 미국 남부 부잣집 딸 스칼렛. 흑인 노예를 부리며 귀족 같은 삶을 살던 이 아가씨에게 흑인들을 해방시킨 남북전쟁은 모든 것을 잃게 한 징벌이다. 하지만 어떤 도전에도 굴하지 않고 마침내 드넓은 붉은 대지 위에 스칼렛이 우뚝 서는 과정을 그린 명작, 〈바람과 함께 사라지다〉. 강력한 키스 신에 눈을 못 뗀 게 사실이지만, 영화 속에 묘사된 스칼렛의 굴곡진 삶도 큰 충격으로 다가왔다.

이 영화는 이후 나에게 적잖은 영향을 미쳤다. 〈바람과 함께 사라지다〉를 영화로 열 번 이상, 소설을 스무 번 넘게 읽었고, 혼자서 뒷이야기를 상상하면서 후속편을 써본 적도 있다. 스칼렛은 이럴 때 어떻게 행동했을까? 혼자 물음을 던진 적도 많다. 한창 감수성이 예민하던 사춘기 시절에는 내가 영화 속 '스칼렛'이라는 묘한 상상도 했다. 무슨 연극배우도 아니고, 혼자 거울을 보며 소리친 적도 있다.

"나 스칼렛 오하라, 어떤 시련이 닥쳐도 굴하지 않으리!"

전쟁이 쓸고 간 폐허에서 무뿌리를 짐승처럼 캐 먹으면서도 좌절하지 않았던 스칼렛처럼, 이 어린 소녀도 앞으로 그러하리라고…. 유치하다! 지금 내가 봐도 유치해 죽겠다. 하지만 그것이 소녀 시절 마법을 부르는 내 주문이었다.

스칼렛은 상상 속의 롤모델이었던 셈이다. 나는 어릴 때부터 몸이 약했다. 공부하려고 책상에 앉아도 저질 체력은 늘 나를 지치게 했다. 아무리 영어를 붙들고 늘어져도 몇 번씩 외국을 다녀온 친구를 따라갈 순 없을 때, 아나운서 시험을 준비하다 나보다 예쁘고 말도 잘하고 학원을 여러 번 등록해도 경제적 부담이 없는 경쟁자들을 볼 때, 내게는 크고 작은 숱한 좌절의 순간이 찾아왔다. 스칼렛과 비교하면 그 시련의 깊이가 터무니없이 얕아 보이지만, 그럴 때마다 나는 스칼렛의 그 불굴의 대사를 주문처럼 중얼거렸다. 그런 연기연습 덕인지, 지금까지 좀체 쉬질 못하고 아주 바쁘게 살아왔다.

가끔씩 대학생을 상대로 특강을 할 때면, 어깨가 축 늘어진 청춘들을 만날 때가 있다. 취업문은 좁디좁다고 말만 들었지, 솟아날 구멍조차 닫혀버렸다. 진로가 꽉 막힌 느낌이 들 때, 등록금 대기도 벅찰 때, 무거운 짐에 짓눌린 청춘들은 등이 굽고 어깨가 휜다. 꼭 경제적 이유가 아니라도, 좌절감이 들게 하는 장치는 도처에 잠복해 있다. 과거와 비교할 수 없는 물질적 혜택 속에, 고도로 발전된 사회에 살아도 결핍을 느끼는 사람은 늘 있는 법이다. 사회 전체의 삶의 질이 올라가도 '상대적' 박탈감은 늘 패자 같은 기분을 느끼게 한다. 특히 인스타그램 같은 SNS로 보는 타인의 삶은 늘 나보다 행복해 보이고, 나 혼자만 불행한 존재인 것 같게 만든다.

그럴 땐 SNS 대신, 위기를 용기로 돌파한 소설이나 영화 속 주인공들을 만나보면 어떨까.

'어떤 시련이 닥친다 해도 스칼렛이 겪은 전쟁, 생사를 넘나드는 위기에 비하면 별것 아니지.' 이렇게 마음먹으면 나는 몸속 어디선가 힘이 솟아나곤 했다.

집에 먹을 것이 다 떨어져 스칼렛은 감옥에 있는 레트에게 돈을 꾸러 갈 처지가 된다. 평범한 사람이라면 돈을 빌릴 때만큼은 세상에서 가장 거지 같고 불쌍한 모습으로 동정에 호소할 텐데, 스칼렛은 역시 보통 인물이 아니다. 초록색 커튼을 찢어 드레스를 만들어 입고 간 것이다.

비록 낡은 커튼으로 만든 드레스를 입을지언정, 그녀는 왕비보다 당당했다.

아나운서 시험을 볼 때 멋진 옷을 몇 벌이나 맞춰 입는 경쟁자들이 있었지만, 나는 화려하지 않은 남색 정장 딱 한 벌로 모든 시험을 치르면서도 당당해 보이기 위해 마음을 다잡았다. 스칼렛을 떠올렸기에 가능했던 일이 아니었을까.

커튼 옷을 입고도 당당했던 스칼렛의 태도는 내가 사십 대가 되니 더욱 남다르다. 우리나라는 '검소함'을 미덕으로 삼고, 그것까진 좋은데 가끔 공식 석상에서까지 상식에 벗어날 정도로 허름하게 차려입고 나오는 공직자들이 있다. 찢어진 신발, 낡은 가방을 들고 오면 경외에 넘치는 헤드라인이 달리고 응원이 쏟아진다. '저렇게 검소한 차림새라니! 나랏일을 할 자격이 있어!' 하면서 말이다.

나도 한때는 그런 모습에 박수를 보냈다. 하지만 모두가 그런 건 아니었어도, 허름한 차림새로 청문회에 나선 사람들이 실은 여러 건의 부동산을 소유하고 있거나 언행이 일치하지 않는 모습으로 실망을 준 적이 많지 않나. 물자가 부족하던 60년대도 아닌데, '검소함'과 '초라함'은 구별해야 하지 않나? 사치스럽게 꾸며야 한다는 게 아니다. 거부감이 들 만큼 노골적으로 명품으로 휘감는 것도 격이 떨어지기는 마찬가지다. 지오다노를 입더라도 샤넬처럼 소중하게 다루는 내공을 가져야 한다는 이야기다.

방송을 진행하다 보면 성공한 분들을 뵙게 된다. 성공의 코드는 대개 옷에서부터 읽힌다. 기본적으로 단정하고 정갈하게, 그에 더해 티피오(TPO: time, piace, occasion의 머리글자로 옷은 시간, 장소, 경우에 따라 착용해야 한다는 것을 말함)를 맞추어 입는다. 비싸고 싸고를 떠나, 나를 최대한 좋아 보이게 차림새를 갖추는 것이 결국 나의 운을 밝힌다는 이야기다. 일상생활이야 편안하게 입을지라도 많은 사람 앞에 나서는 자리에서만큼은 할 수 있는 한 단정한 몸가짐으로 나서자. 커튼으로 옷을 지을지언정, 깨끗하고 깔끔하고 당당하게 차려입었던 스칼렛처럼.

솔직히 고백하자면 스칼렛이 내게 좋은 영향을 준 것만은 아니다. 그녀의 허리는 17인치! 유모가 코르셋으로 그 가느다란 허리를 잡아당기는 명장면이 있다. 남북전쟁 전 미국 남부 분위기를 단적으로 보여주는 장면이라 넣었다고 한다. 그런데 나의 몸이 소녀에서 여인이 되고 허리 치수가 17인치에서 당연히 멀어질 즈음, 어이없게도 내 몸이 뚱뚱하다는 강박에 빠졌다. 어릴 때부터 비교적 마른

체형이었음에도 스칼렛의 17인치 허리만 생각하면 입맛이 뚝 떨어졌다.

내 '이상향'이 스칼렛이라면 '이상형'은 레트 버틀러였다.

레트 버틀러! 오랜 세월 내 꿈속의 남자! 어떤 인기 스타도 그의 자리를 넘볼 순 없었다. 어른이 되기 전까지, 키스란 허리가 90도쯤 날카롭게 꺾어져야 하는 줄만 알았다. 그래서 '날카로운 첫 키스의 기억'이라는 시구가 교과서에도 나온 모양이라고 생각하면서.

〈바람과 함께 사라지다〉 포스터에도 등장하는 그 키스 신을 떠올릴 때면, 주말의 명화를 훔쳐본 열두 살 소녀로 돌아가 홍조가 올라왔다. 레트! 겉으론 나쁜 남자! 얼핏 보면 여자나 밝히는 호색한에 어딘가 '사짜' 느낌이다. 하지만 나는 알아볼 수 있었다. 뜨거운 가슴이 있고, 여자를 진심으로 사랑할 줄 아는 멋진 남자라는 사실을….

21세기에도 가끔 여자의 과거에 연연하는 어리석은 남자들이 있다. 그런데 무려 남북전쟁 시절 아닌가, 스칼렛이 애슐리에 실연당하는 모습을 목격하고도 감싸는 레트, 다른 남자랑 결혼했던 걸 알고도 꼬투리 잡는 속 좁은 남자가 아니다. 불타는 전쟁터에선 스칼렛을 말에 태우고 함께 탈출한다. 그녀가 알거지 신세가 됐을 때도 이죽거리긴 하지만 결국 슈퍼맨처럼 짠! 나타난다.

얼굴 잘생겼지, 자태는 또 얼마나 잘 멋지냐고. 스칼렛이 악몽에서 깨어난 밤에는 사랑을 담아 꼬옥 안아주는 멋진 남자! 딸한테는 또 얼마나 자상한 아빠인가. 때론 결혼하고도 딴 남자만 바라보는 스칼렛이 원망스럽다. 술에 취해 험한 말을 퍼붓기도 하지만 내겐 그 모습조차 '남성다움'으로 비쳤다. 아무리, 아무리, 아무리 스칼렛이 진상을 부려도 다 받아준다.

결혼생활을 10년 넘게 하다 보니 내가 연애를 어찌했는지, 기억은 화석처럼 굳어 버렸다. 다만 내 사랑은 늘 어렵기만 했다. 결혼하고도 그랬던 것 같다 흐…. 왜 그는 나를 한없이 사랑해주지 않지? 왜 남자답지 않은 걸까? 내가 심술을 부려도 좋아한다면 받아줘야 하는 거 아니야? 이 정도도 이해 못 해? 하지만 깨달았다. 나는 레트 버틀러를 꼭 닮은 남자를 찾아 헤매고 있었다는 것을. 내 무의식 속에 단단히 자리 잡은 레트 버틀러…. 하지만 그는 실존 인물이 아니다. 사랑이 어려운 건 결국 나 자신 때문이다.

남자란 사랑하는 여자를 위해 웃어주고 무한히 이해해주고 또 품어줘야 '진짜 남자'라고 우겨왔다. 지금이야 뭐 '가스라이팅'이라는 개념이 생겼지만, 그 정도까진 아니라 해도 이건 못된 나의 이기심 아닌가. 사실 우리 남편이랑 짧은 연애를 거치고 결혼할 땐 레트 버틀러 콤플렉스(?)를 극복한 줄 알았다. 연애 시절 남편이 나한테 잘해주긴 해도 레트 버틀러처럼 마초 스타일은 아니어서(실은 아닌 줄 착각해서) 나도 한 사람과 살아갈 만큼 성숙한 줄 알았는데, 그것도 아니었다. 지금이야 잘 살지만, 우리가 얼마나 서로 맞추기 힘들었나.

심지어 남편은 나랑 나이 차이가 나는 편이라 더 힘들었다. 어떤 이혼전문변호사가 TV에서 그랬다. 부부가 나이 차가 나면 여자는 이쁨받을 걸 기대하고 남자는 여자가 자기를 떠받들어줄 줄 착각해서 결국 헤어지는 경우가 많다고. (〈바람과 함께 사라지다〉 커플도 소설을 보니 나이 차가 많이 나더라) 철저하게 내 입장만 이야기하자면 같이 사는 사람 때문에 힘들다고 생각했지만, 결국 내 마음가짐이 변하고야 우리 부부는 평온하게 살게 되었다. 솔직히 지금은…. 우리 남편이니까 나랑 살지!

무슨 얘기냐면, 열 살 위인 남편은 아버지처럼 나를 감쌀 것이라던 나의 기대는 허상이었다. 오히려 내가 먼저 그를 이해하려 할 때 그도 나를 이해하고 관계는 선순환으로 더 쉽게 옮겨갔다. 내가 이해받고 사랑받고 싶은 것처럼, 남자 역시 사랑받고 이해받아야 하는 나약한 인간인 뿐이다. 게다가 레트 버틀러는 '사랑하기 때문에' 견디고 견디다, 다른 남자만 바라보는 스칼렛을 끝내 떠나버리지 않는가? 둘 사이를 이어주던 딸이 세상을 떠나자, 레트 혼자서 쥐고 있던 인연의 끈도 놓아버린 결말을…, 난 까마득히 잊고 있었다. 나의 이상형이었던 레트 버틀러! 스칼렛의 17인치 허리만큼이나 비현실적인 인물이었다.

허리가 90도쯤 꺾어지는 키스를 해본 여자가 얼마나 될까? 정말 있기는 할까? 영화 속 키스 신은 필시 스태프들이 단상이라도 쌓아 각도를 만들었을 테다. 한두 해도 아니고 결혼하고도 줄곧 다른 이성을 바라보는 배우자를 누가 참아낼까? 남북전쟁 같은 격동의 세월도 아닌데, 사랑하는 사람을 불구덩이 속으로 밀어 넣는 게 통할 턱이 있나? 혹시 이 글을 읽는 누군가 사랑이 어려운 이가 있다면 혹 혼자 만들어낸 이상형을 못 놓고 있기 때문은 아닐까? 내가 그랬던 것처럼.

엄마 몰래 〈주말의 명화〉를 보며 침을 꼴딱 삼키던 열두 살 소녀는 그러니 안녕. 삶의 고비마다 멘토가 되어준 스칼렛은 고맙지만, 지구상 많은 소녀들에게 헛된 꿈을 심어주고 멀쩡한 연인과 배우자를 구박받게 했을 레트 버틀러는 이제 굿바이!

덧.
스칼렛의 17인치 허리 콤플렉스와도 이제 안녕이다. 애 둘 낳고 나서는, 17인치를 생각해도 밥만 맛있다. 어떻게 입맛이 없을 수가 있지!

차가운 오렌지의 첫사랑

대학교 4학년 때 신문사 인턴을 했다. 인턴 과정 중에 2인 1조를 이루어 정치부에 배치가 됐는데, 나보다 두 살 어린 남학생 A군과 함께 일하게 됐다. 잘생기고 키 크고, 유복한 환경에서 자란 것 같은 느낌적인 느낌이랄까. 아니나 다를까 아이비리그 재학 중이란다. 방학 때 경험 삼아 신문사 인턴에 지원했다는 거다. 학벌의 후광 때문인지, 뭔가 낯설었다. 왠지 내가 종이상자 안에 담긴 귤이라면, 그는 냉장고 속 '오렌지' 같은 느낌이었다.

그때 나는 스물셋, A군은 스물한 살이었다. 말하자면 인턴 파트너인 셈인데, 우리가 자체적으로 취재를 했다기보다는 주로 선배들이 시키는 일들(예를 들면 누구 인터뷰 따 와라, 어디 분위기 살펴라, 정당 회의 들어가서 내용을 노트북에 옮겨 써라 등등)을 했다. 진짜 기자는 아니지만 그래도 20대의 우리는 무척 열정적이었고…, 바빴다.

나는 전철로 왕복 2시간이 걸리는 거리를 무거운 노트북을 들고 헉헉거리며 다녔다. 당시만 해도 언론사는 폭탄주 문화가 있었기 때문에, 퇴근 시간이 되면 선배들을 따라다니며 자의 반 타의 반 술도 배웠다. 집에 가서 머리만 붙이고 한숨 잔 다음 부리나케 출근. 지금 생각해보면 굳이 그렇게까지 열심히 했어야 했나? 싶은데, 뉴스 앵커가 꿈이라 그런지 마냥 신이 났다. 경찰서에서 먹고 자기도 하고 (이걸 업계 전문용어로 '사쓰마와리'라고 한다) 시신 부검도 보고 정당 대표가 선출되는 것도 가까이에서 볼 수 있었다. 아마 그 경험 덕분에 방송사에 입사하고도 보도국에서 빠르게 적응했던 것 같다.

아무튼 미친 듯이 바빠 죽겠는데, 그 와중에도 A군은 뭔가 수상하다! 아무리 정신이 없어도, 술자리 중이라 해도, 이동 중에도 꼭 누군가와 통화를 하는 거다. "야, 여자 친구지? 솔직히 말해봐." 쿡쿡 찔러봐도 첼로학원을 함께 다니던 '그냥 친구'라고 대답하곤 한다. 나는 옛날 스타일이라 그런지 남녀 사이에 친구가 가능한 건지, 가능하다 해도 그렇게 자주 연락을 하는 게 맞는 건지 잘 이해는 안 갔다. 미국물 먹은 아이라 정서가 좀 다른가? 아무튼 별로 진지한 관계처럼 보이지도 않았다. 얼핏 '오렌지'처럼 보였던 A군이었으니까. 하하.

남이 사랑을 하든 말든, 전봇대로 이를 쑤시든 무슨 관심이 있겠는가. 열혈 취재에 하루하루가 빠듯한데, 기자정신에 빙의돼 있는 나인데 말이다. 난 그렇게 스물세 살 파릇파릇한 나이를 취재현장에 갈아 넣고 있었다.

하지만 언젠가 그 아이의 볼이 발그레해졌던 게 어슴푸레 기억은 난다. 아마 광화문역에서 전철을 함께 탔을 때였을 거다. 그 여자아이 — B양이라고 하자 — 가 정말 괜찮은 여자 같다고. 아무렇지도 않은 척 쿨한 말투로 자랑을 위장해서 말했다. 정말 예쁘고…, 착한 여자라고.

몇 년쯤 지났다. 난 아나운서가 됐고 그 동생은 가끔 한국에 들를 때마다 연락이 왔다. A군과 B양은 정말로 사귀는 사이가 됐다. 게다가 우연히도 B양은 나랑 같은 아파트에 살았다. 아마도 그래서, 한번 셋이 같이 보기도 했던 것 같다. 와, 듣던 대로 예뻤다. 그렇게 예쁜 여자를 나도 본 적이 없다. 그리고 무척 조용한 여자였다. 나와는 분위기가 영판 달랐다. 호호. 10초 이상 정적이 흐르면 못 참고 말을 꺼내는 나 — 방송을 하고는 더 심해졌는데, 이것을 일명 '진행병'이라고 한다 — 와 달리 조곤조곤 말하고 귀담아들을 줄 아는 사람.

B양은 탤런트 지망생이었는데, 나중에 정말로 TV에 나왔다. KBS 드라마 주연도 해서, 방송국에 오면 아나운서인 내 사진이 아니라 B양 사진이 대문짝보다 두 배쯤 크게 붙어있었다. 가끔 화면으로 스쳐 지나듯 볼 때면, 그저 A가 만나던 그 여자애 정도로만 생각했다.

시간이 더 흘렀다. 둘은 헤어졌다. 역시나 어느 날 A군은 냉장고 속 오렌지답게 차갑고 쿨하게 이야기했다. 심드렁해 보였다 할까. A군이 직장을 외국에서 얻는 바람에 관계를 유지할 수 없었다나. 둘이 한창 만날 때도 별 관심 없었던 것처럼, 헤어졌다는 얘기를 들을 때도 나는 별로 궁금하지 않았다. 솔직히 내 앞가림도 못하는 처지에 무슨 남의 연애사까지….

냉장고 안에 두었던 오렌지를 땅속에 묻으면, 그래도 싹이 날까? 아니면 종이상자 안에 오랫동안 묵혀둔 귤처럼 결국 썩어버릴까? 문득 정원에 던져버린 오렌지에서 싹이 트고 줄기를 뻗고 마침내 큰 나무가 되어 '잭과 콩나무'처럼 하늘까지 올라가버리는 동화 같은 장면이 떠오른다.

그땐 몰랐다. 겉으로 보이는 것과 속은 다르다는 걸. 그 아이 마음속에도 순수한 감정이 싹틀 수 있다는 걸. 나와 너무 다른 환경에서 자란, 너무 다른 사람도 누군가를 떠올리면 가슴 저릿할 수 있다는 걸.

지금은 80년대생의 기억 속에만 남아있는 싸이월드. 어느 날 A군의 미니홈피에 들어갔다. 낯익은 글귀가 대문글에 써 있었다.

"기적은 쉽게 일어나지 않아. 우리들에게 일어난 기적은 단지 네가 홀로 기다려 주었다는 거야. 마지막까지 냉정했던 너에게 뭐라고 해야 할까."

《냉정과 열정 사이》. 준세이가 아오이에게 보낸 편지였다. 젊은 날, 오해로 헤어지게 된 첫사랑이 시간이 흘러 다시 보낸 편지글이었다.

스무 살이 넘고 우리는 청춘의 통과의례처럼 사랑을 경험했다. 어린 시절 상상했던 사랑은 핑크빛이지만, 어른이 되고 직접 느낀 사랑은 꼭 즐겁지만은 않다는 걸 깨닫는다. 나를 웃게 한 사람이 날 울릴 수 있고, 소중했던 둘의 약속은 어느 날 휴지조각보다 못한 존재가 되기도 한다.

사랑과 외로움은 동전의 앞뒷면 같다. 외로워서 사랑에 기대지만, 사랑만큼 사람을 외롭게 했던 게 내 청춘에 또 있었던가. 천국에 갔다, 지옥에 떨어진다. 때론 내 사랑이 다른 사랑으로 대체된다. 꿀 떨어지던 연인의 눈빛이 언젠가부터 흔들리고 있다는 것을 알고도, 헤어짐이 두려워 애써 모른 척하기도 한다. 사랑의 온기가 식기 시작하는 것, 그것이 열정에서 냉정으로 추락하는 순간이다. 어쩌면 가장 뜨거운 순간, 가장 차가운 결말을 향해 치닫는 운명이 사랑인지도.

청춘은 그 모든 사랑의 희로애락을 감당하기엔 미숙하다. 이제 우리가 함께할 수 없음을 어른처럼 현명하게 받아들여야 하는데도 자꾸만 혼자 남는 게 아이처럼 두려워진다. 결국 떠났을 땐 나만 패자가 된 기분을 어쩔 수가 없다. 우리가 어른이 되는 건 장미꽃 스무 송이를 받을 때가 아니다.

청춘의 통과의례를 지나던 무렵, 나는 소설《냉정과 열정 사이》를 읽고 또 읽었다. 때때로 밑줄 친 구절들을 소리 내어 읽어보았다. 준세이 혹은 아오이가 된 것 같은 감정에 잠 못 이루던 날들. 한 사람에 대한 판단은 더 이상 그 사람의 손을 잡을 수 없을 때 명확해진다는 걸 깨닫고는 기운을 차릴 수 있었다. 결국 세월이 흘러야만 하는구나. 아마도 그날이 청춘 1막을 넘기고 조금 더 성숙해진 날이었을 것이다. 이별하고서 우리는 비로소 어른이 된다. 이별은, 성장통인 셈이다.

그래서였을까. A군의 홈페이지에서《냉정과 열정 사이》를 발견했을 때 쿵, 가슴이 울렸다. 나만 성장통을 겪는 건 아니구나. 다른 이의 첫사랑도 결코 가볍지 않구나. 너도 사랑으로 아파본 적 있구나. 뭔가, 동지를 만난 듯, 안도감이 들었다.

"너, 그 글. B 때문에 올려둔 거지?"

내가 물었을 때. A군은 역시나, 심드렁하게 대답했다.

"에이 무슨…, 아니야, 누나!"

"그럼 그렇지. 니가…."

그러고 반년쯤 흘렀을까, A군이 사실을 고백했다.

B양이 제일 좋아하던 소설이었다고. 헤어진 다음, 준세이와 아오이의 사랑을 다시 이어준 두오모 성당을, 그 아이가 보고 싶어 홀로 찾아가기도 했다고.

누군가를 사랑한다는 건, 그렇게 이탈리아행 비행기에 아무 계산 없이 몸을 싣게 하는 건가 싶었다고. 이제는 제법 유명해진 그녀를, 소원대로 배우가 된 그녀를, TV 화면에서 볼 때마다 그녀와 내가 함께 했던 게 진짜였을까. 함께 했던 시간도 없던 일처럼 다 끝나버리는 것 같아 가끔 마음이 아프다고.

난 깨달았다.

'냉정'해 보이는 겉모습만 보고 '쟤가 무슨 사랑을 알겠어?'라고 무심코 생각했다. 하지만 그 아이가 진심을 말하던 그 날, 알게 되었다. 누구나 가슴 속에는 하나쯤 '열정'을 품고 산다는 걸. 처음 이별했을 때처럼 사무치진 않아도 문득문득 견딜 수 없을 만큼 왈칵 떠오르는 이름 하나쯤 있다는 걸. 건조체 같은 일상에 치여 어느덧 나이가 들어버린 것 같아도 한 번씩은 촉촉한 감성이 올라오는 것처럼.

사랑하던 이의 모습이 '눈 녹은 봄날 푸른 잎새 위에 영원'하다는 어떤 노랫말처럼, 세월이 흘러도 옛사랑은 남는 것일까. 그래서 준세이는 오랜 세월이 지나고 아오이에게 편지를 보낸 것일까.

소설 속 준세이가 편지를 보낼 만큼 오랜 세월, 그 세월은 우리에게도 흘러가 버렸다. 보통의 사람들은 옛사랑에게 편지를 보내는 것보다 추억을 추억으로 간직할 때 더 아름답다는 것도 알게 된다. 행여 그리움이 밀려온다 해도 '냉정'히 묻을 줄 알아야 어른이라는 것도 잊지 않는다. 사랑이 처음 끝나던 날 비로소 어른이 된 것처럼, 추억을 추억으로 묻을 때 또 한 번 어른이 되는 거겠지.

사랑 때문에 울 수 있다는 건 아직 순수하다는 증거다. 누군가를 순수한 마음으로 사랑해 보았다는 것. 그런 기억만으로도 젊은 날의 축복 아닐까.

사랑 때문에 아픈 건 나 혼자, 당신 혼자만이 아니었다. 아픈 통과의례를 지나고 어른이 된다. 덮지 않아도 울지 않아도 되는 사랑은 서툰 청춘이 지나고 나면 반드시 오고 만다. 그 평범한 진실을, 20대가 지나고 알게 되었다.

덧.

이 글의 초안을 처음 영화잡지에 연재했던 10여 년 전, 익명이지만 마음에 걸려 A군에게 네 얘길 써도 되냐고 물었다. 그랬더니 이

녀석, 당시 일본에서 일하고 있었는데 같은 동네에 영화에서 준세이 역할을 맡은 배우, 타케노우치 유타카가 산다는 게 아닌가? 그 녀석이 첫사랑이 그리워 이탈리아행 비행기를 탄 것처럼 나는 그만 일본행 비행기를 탈…. 상상'만' 했다!

아무튼 또 세월이 흘러 나는 두 아이의 엄마가 됐다. 자식 향한 조건 없는 사랑을 경험해 보며 어릴 때 왜 연애하다 헤어지고 질질 짰는지 지금은 'NO 이해'.

아저씨가 된 A군은 글로벌하게 세계를 누비다 미스코리아 같은 아내랑 결혼해 알콩달콩 잘 산다. 한동안 연락이 끊겼는데 가족과 식당에 갔다가 우연히 만났다! 둘 다 아줌마 아저씨!

그리고 B양은? 아이들 엄마가 되고도 여전히 활발하게 TV에서 활동하고 있다. 예전에 봤던 그 모습처럼, 착한 이미지로. 엄마가 되어서인지 예전보다는 활발해진 느낌이다.

세월은 우리 모두에게 많은 변화를 선물로 주었다.

오겡끼데스까

"혹시 ○○○ 아세요? 예전에 경찰대학 갔다는 얘길 들었거든요."

내 나이 스물일곱이었나. 점심을 먹다 문득 초등학교 때 짝꿍을 떠올렸다. 함께 밥을 먹은 사람들의 직업이 경찰이었기 때문이다.

어라? 그런데 갑자기 일이 커져 버렸다. 그때부터 '아나운서의 첫사랑 찾기 작전'이 시작돼 버린 것이다! 그분들은 여기저기 전화를 돌렸고, 잠시 후 내 손에 전화번호 하나가 쥐어졌다.

'첫사랑'을 뭐라고 정의해야 할지 모르겠다. 군이 '첫사랑'이라든지 '풋사랑'이라든지 그런 단어를 붙이는 건 좀 낯간지럽다. 그 아이를 처음 알았을 때 난 겨우 초등학교 2학년, 이성에 눈을 뜨지도 않았을 때다. 짝꿍은 초등학교를 졸업할 때까지 전교에서 소문난 아이였다. 운동도 공부도 타의 추종을 불허할 만큼 잘했으니까. 그저 나도 그 아이처럼 공부도 잘하고 싶었고, 달리기도 잘하고 싶었고, 그 아이처럼 친구들도 많은 활달한 성격이었음 좋겠다, 이런 감정에 가까웠으리라.

그러니까, 영화 〈러브레터〉처럼 애절하거나 서정적인 기억은 아니다. 일단 어린 시절 나는 소위 '잠자리 안경'이라고 하는 아주 큰 안경을 쓰고 있었다. 청순가련한 여주인공은 아니었다는 말씀. 그리고 그 친구도 영화 속 남자주인공 스타일은 아니었다. 요즘 같으면 성추행(!)이라고 바로 제지당할 아이스케키며 지나가는 여자애 발 걸어 넘어뜨리기, 고무줄 끊고 도망가기 같은 온갖 만행을 저지르던 개구쟁이었다. 그 아이의 지독한 장난 때문에 울고불고 한 적도 많았다. 우리는 초등학교 3학년 때 학급 임원을 함께 했다. 키가 비슷해 짝꿍도 여러 번 했다.

그러다 4학년에 올라가면서 다른 반이 되었다. 그 아이 장난이 지긋지긋해서 속 시원할 줄 알았는데, 이상하게도 서운해 하는 날 발견했다. 〈러브레터〉의 남자 이츠키처럼 그 아이가 신경 쓰였고 마주치면 괜히 다른 길로 돌아가곤 했다. 언제였던가, 백일장에서 우연히 만난 적도 있다. 어머니끼리 이야기꽃을 피웠는데, 나는 그 아이에게 말 한마디 걸지 못했다! 2년이나 같은 반을 했고 짝이었는데도 말이다! 혹시 그때가 사춘기였을까?

내가 그 아이에게 최대한의 용기를 낸 건, 초등학교 졸업하던 날, 몇 년 만에 말을 걸어 함께 사진을 찍은 게 전부였다. 그저 서툴고, 설레기만 했던 시간들! 아마 두 이츠키가 도서관에서, 자전거 보관소에서, 말없이 서로를 지켜보던 마음도 비슷했을까. 아니 그 아이를 떠올리면 얼굴 붉힌 것은 나뿐이었으니 경우가 다를지도 모르겠다. 하하.

〈러브레터〉의 계절은 하얀 눈으로 뒤덮인 겨울이다. 시간 속에 가려졌던 첫사랑을 찾는다는 건, 어쩌면 눈처럼 순수했던 시간을 되찾는 작업일지도 모른다. 어른이 되고 머리가 커진 후에는 그와 같은 순백의 감정을 느끼기 힘들다.

초등학교를 졸업하고 단 한 번도 그 아이를 본 적은 없다. 다만 그 친구가 워낙 유명했기에 안부는 간간이 들을 수 있었다. 공부를 무척이나 잘한다고 들었고, 운동도 무척 잘하는 것 또한 여전했다. 달리기 대회라면 시 대회든, 도 대회든 나갔다 하면 무조건 상을 받아왔으니까. 내가 기억했던 모습처럼 친구들 사이에서 신망이 높은 것도 변함없는 듯했다.

공부를 잘한다는 그 친구 덕분에, 나도 무척이나 열심히 살았다. 마음 한편엔 '혹시 대학에 들어가면 만날 수 있을까?' 하는 생각이 있었다. 단 한 번도 그 아이를 만난 적이 없었지만 나도 모르게 의식했던 것이다. 그런데 그 친구가 경찰대에 갔다는 얘기에 살짝 실망했다. 내 100미터 달리기 기록은 24초다. (고등학교 졸업한 후에야 우리

학교 운동장이 좁아서 실제 거리는 98미터라는 충격적인 사실을 알았다) 그만큼 몸 쓰는 데는 재주 없는 내가 경찰대에 진학한다는 건 무리였다.

대학에 가서는 친한 친구의 남자친구가 경찰대 학생이었다. 한번은 내 친구가 '경찰대 축제하는데 한번 갈래?'라고 물었다. 하지만 왠지 난 부끄러워서 가지 못했다. 경찰대 학생이 얼마나 많은데, 간다고 해서 마주칠 수 있겠냐마는 암튼 그랬다. 그 아이를 아느냐고, 이름조차 묻지 못했다. 생각해 보면 나도 참 숫기가 없었나 보다.

남자 이츠키는 여자 이츠키에게 왜 단 한 번도 연락하지 않았을까? 마음속에 그녀가 남아있어 똑 닮은 연인을 만나면서 말이다. 혹시 순수한 감정에 때를 묻히고 싶지 않아서? 아니면 기억 속에서만큼은 자신이 동경했던 그 소녀가 영원히 늙지 않고 어린아이로 남아주기를 바랐던 것은 아닐까. 초등학교를 졸업하고 몇 번의 기회가 있었지만 한 번도 연락하지 않았던 것도 어쩌면 용기가 없어서가 아니라 비슷한 마음의 발로는 아니었을지.

영화 말미에 여자 이츠키는 남자 이츠키가 자신에게 건넸던 책 뒤에 자기 얼굴을 그린 걸 발견한다. 십 년 넘는 세월 동안 몰랐던 첫사랑의 존재를 확인하는 순간이다. 하, 나에게도 그 친구한테 빌리고 미처 돌려주지 못한 책 한 권이 있다. 〈러브레터〉 주인공들이 프로스트의 『잃어버린 시간을 찾아서』라는 책을 읽는데, 중학생이 그렇게 난해한 책을 읽다니 좀 허풍이 심한 거 아닌지 모르겠다. 내가 간직하고 있는 책은 너무나도 초등학생스런….『몽실언니』라는 슬픈 전설이 있다. 아 영화와 현실의 괴리란!!!

> 그리워하면서도 한번 만나고 못 만나기도 하고 일생을 그리워하면서
> 도 아니 만나고 살기도 한다. 아사코와 나는 세 번 만났다. 세 번째는 아
> 니 만났어야 좋았을 것이다.
>
> _피천득,『인연』중에서

자, 그의 연락처를 얻은 난 어떻게 했을까? 피천득 선생님은 세 번이나 만나고서야 만남을 후회했지만 나는 두 번째 만남도 없었다. 등잔 밑이 어둡다고 했던가. 그날 집으로 돌아와 엄마에게 넌지시 물어보니 어머니들끼리는 여전히 연락하고 지내는 터라 안부를 다 알고 계셨다. 스물일곱의 나는 아직 미혼이었다. 하지만 그 친구는 결혼해 아이까지 있다는 거다! 요즘처럼 결혼이 늦다는 시대에(특히 남자는!), 상상도 못 했던 반전이었다. 꼭 뭐 만나서 어쩌자는 요량은 아니었지만, 그 이야기를 들으니 왠지 연락할 수 없었다. 하긴 뭐 결혼 안 했다고 해서 상황이 달라졌으랴. 혼자만의 짝사랑이 틀림없는데 괜히 민망하기만 했으리라.

무엇보다 난 어린 시절 순수했던 감정을 그냥 그대로 간직하고 싶었다. 내 기억 속의 그 아이는 그저 열세 살, 초등학교 6학년에서 멈춰져 있기를 바랐다. 어른이 된 모습을 확인하는 데는 차마 용기

가 나지 않았다. 게다가 나도 이제 아이 둘 딸린 아줌마, 인기남이었던 그 친구는 아마 나의 존재도 잘 몰랐겠지만 어디선가 또 아저씨로서 열심히 살고 있지 않을까?

〈러브레터〉처럼 창밖에 흰 눈이 소복이 쌓이면, 가끔 어린 시절 순수했던 감정을 추억할까? 그럴 땐 혼자 낮은 소리로 묻고 싶다. 영원히 내 기억 속에서만 존재할 어린 이츠키에게….

오겡끼데스까?

그 많던 젊음은 누가 다 먹었을까

"용돈 대신 월급이란 놈을 받아먹기 시작하면서 20대는 쏜살처럼 지나갔다."

영화 〈싱글즈〉는 맹랑한 대사로 포문을 연다. 20대부터 '원하는' 직장에서 월급 받고 살면 그래도 꽤 괜찮은 시작 아니냐는 이 시대에, 맹랑한 말이고 말고. 하지만 용돈이고 월급이고 다 나발이다. 월급을 받는다는 건 경제적인 자립과 동시에 내 시간을 저당 잡히는 일임을 분명히 자각해야 한다. 비즈니스맨, 커리어우먼이 된다는 것은 드라마에 나오는 것처럼 폼만 잡으면 끝나는 일이 아니다. 돈 받은 값은 해야 한다. 밥값이라고 들어봤냐. 오죽하면 그럴까, "남의 돈 먹기가 쉽냐고?"

내 20대는 브레이크가 고장 난 기차였다. 취미도 사랑도 모두 일

다음으로 밀렸다. 사실 몰입하는 시간이 있어야 일에서 어느 정도 수준에 오르긴 한다. 왜 그 유명한 '1만 시간의 법칙'도 있지 않나. 놀 거 다 놀고 하고 싶은 거 다 하고 여유작작 월급 받아가며 성취할 수 있는 직업이란…, 없다. 아니 요즘은 유튜브도 있고 '파이어족'도 있으니 가능하려나? 확실한 건 20대의 나는 매달려야 성과가 있다고 믿었다.

다들 힘들다는데, 참 감사한 20대였다. 어릴 적부터 목매고 하고 싶던 방송이 '업(業)'이 되었으니까. 하지만 마냥 즐겁기만 했을까. 꿈을 잡으면 인간은 행복할 줄 착각하지만 사람 마음은 간사하다. '업'에 치이고 사람 '입'에 치이면서 불면과 공허함을 견뎌냈던 날도 많았다. 지금이야 '우씨~ 그게 뭐라고?' 하지만, 젊은 나이에 사람들 앞에 나서는 직업 특성상 뒷담화나 지라시 같은 거짓 정보에 시달리기도 했다. '나 아니라고요!' 메아리처럼 공허한 울림 속에서 끙끙 앓았다.

'세월'은 아무 의도도 없이 그저 흘러가지만 '나이'란 놈에는 괜스레 선이 주우욱- 그어지더라. 마흔을 넘기고부터 나는 내 나이를 더 이상 자각하지 않는데(4자가 붙은 다음부터 현실을 부정하기 시작했다), 오히려 20대에 더 나이를 의식했으니 참 황당하다. 3자가 붙으면 뭔가 확 변해 있을 줄 알았다. 아 그래서 우리 시절엔 서른 살 어쩌구 하는 책들이 베스트셀러였나 보다.

누가 잔치가 끝났냐고 했는지 따지고 싶은 서른 즈음에, 갑자기 '서른'이라는 놈은 호랑이처럼 눈앞에 턱 나타나고 말았다.

스물세 살 때 〈싱글즈〉를 봤다. 그 영화를 보고 나서 서른까지 7년을 덜덜 서른을 무서워했다. 너무 일찍 세상을 떠난 여배우 장진영 씨는 이 영화 속에서 영원한 스물아홉 살이다. 그 영화 탓이 컸다. 장진영 씨가 연기한 나난은 러닝타임 내내 서른 살 여자의 두려움과 방황을 털어놓았으니까. 오래 사귄 애인은 일방적으로 이별을 통보한다. 회사에서는 '팽'하고 좌천된다. 서른 즈음이면 일, 결혼 둘 중 하나는 해낼 줄 알았는데 가슴에는 찬바람만 슝슝 분다더라. 아! 처녀가 '노'처녀가 되는 나이가 서른인가? 10대 시절의 방황을 서른이면 다시 시작하는구나. 서른 살이란 저리도 잔인한 나이로구나. 세뇌당하는 것 같았다. 수명도 길어지고 결혼도 늦은 요즘 같은 시기엔 소가 웃을 소리지만, 우리 사회는 그렇게 20대 젊은 청춘들에게 '서른'이란 공포심을 심어주었다.

서른이 두려웠던 스물아홉, 친구가 힘이 된다고 느낀 건 그 나이였다. 그즈음 누구에게나 어른만이 겪는 문제들이 병렬적으로 닥치기 시작한다. 소심한 나난 곁에 쿨한 동미(엄정화 역)가 있기에 숨 쉴 구멍이 있지 않나. 애인에게 차이고 직장에서 까이고 그 와중에 소개팅 나갔다 짠 나타난 왕자님! 결혼해 현실에서 확 탈출해 버릴까? 하는 얄팍한 마음이 든다. 결혼은 현실에서 탈출하는 게 아니라 또 다른 현실로 들어오는 거라 말리고 싶지만 뭐, 그때는 실감하지 못한다. 두 친구는 많은 것들을 공유한다. 때론 얼굴 붉어지는, '헉, 저런 19금까지?'마저도.

나는 꽤 잘 알려진 커플이었다. 휴가도 함께 갔고 휴일이면 함께 커피를 마셨다. 1년에 한 번쯤 바람을 쐬러 무작정 떠나는 여행도 함께였다. 한 자리에 누워 조잘조잘 이야기도 털어놨다. 회사에서 당한 이야기, 얼마 전 만난 놈의 어처구니없는 에피소드, 미래에 대한 불안감까지. 영화도 함께 봤더랬다. 아, 애 둘 엄마가 된 지금 이 글을 쓰다 보니 와, 친구는 둘째치고 내게 이런 자유가 있던 시절이 있었나? 싶긴 하지만 하하. 다정한 우리 모습에 지인들은 '둘이 사귀는 거 아냐?' 놀릴 정도였다.

우리는 바늘과 실 같았다. 난 'K본부' 아나운서, 그녀는 'S본부' 기자, 같은 길을 걷는 셈이다. 19살 이후 우리의 인생 항로는 10년 정도 겹쳤다. 우리는 고등학교 동창이다. 처음부터 친하진 않았다. 한 번도 같은 반이 아니었으니까, 화장실 복도 같은 데서 인사도 없이 지나치던, 그러니 얼굴만 아는 딴 반 아이 정도였다. 그러다 고3 수시모집 준비반에서 만났다. 우리는 수시 1세대였는데, 사실 지금이야 뿌리내린 수시전형을 처음 치렀던 경험을 되살리노라면, 저희 참 힘들었어요 흑흑…. 아무튼 그러하다. 아무 정보 없이 그저 열심히만 하면 되는 줄 알고 같이 독서실도 다니고 논술을 준비했다. 특목고였기 때문에 난다 긴다 하는 엉덩이 공부천재들이 많았다.

중간고사 기말고사에서 한 문제만 틀려도 전교등수가 몇십 등씩 왕창 밀리기에, 수시+내신+수능까지 빡세게 준비하는 코스였다. 지금 생각하면 그냥 수능 보고 학교 들어갔으면 되는데 왜 수시 1세대로 담임 선생님한테 뽑혔는지 기억이 안 난다. 논술 면접 잘하면 유리하다고 해서 내가 손을 든 건가? 고등학교 때 우리는 하버드 대학을 갈 것도 아닌데, 《하버드의 공부벌레들》이란 책처럼 책벌레여야만 했다. 1초만 쉬면 주르륵~ 미끄러지니까.

친구와 나는 코피 터져가며 함께 독서실 다니고 논술을 준비했다. 다시 한번 말하지만 1세대라 정보가 거의 없었고 눈 감고 코끼리 다리 더듬더듬 만지는 기분이었다. 대입의 마지막 골든타임인 3학년 2학기를 통째로 반납하고 수시모집에 '올인' 했다. 하지만 둘 다 땡! 낙방.

나는 쌩~ 해 보이는 인상과 달리 감탄도 잘하고 눈물이 많다. 작은 일에도 '와~ 좋다, 헉~ 어떻게…' 반응이 강한 편이다. 어릴 땐 지금보다 더했다. 함께 수시를 준비했지만 알게 된 지는 몇 달 안 된 아이, 입시에 매달리느라 속 얘기할 시간도 적었던 그런 아이 앞에서 난 콧물까지 흘려가며 추하게 눈물을 쏟았다. 학교 앞 독서실 앞 길바닥에 주저앉은 채로 말이다. 지금도 나보다 훨씬 의젓한 친구는 그때도 "울지 말라"며 담담했다. 지도 떨어진 주제에 멘탈 나간 채로

울고 있는 내 등을 두드렸다. 그러더니…, 헉! 잠시 후 지가 더 운다.

"니가 자꾸 우니까 나도 눈물이 나잖아~~~~~~." 하면서.

만약 그때 한 명은 붙고 한 명은 떨어졌다면 우리는 계속 친구가 될 수 있었을까? 예민한 10대는 조그마한 일로도 친구와 멀어질 수 있다. 게다가 그 시절 우리 앞에 놓인 지상과제는 대입이었다. 이 전투에서 살아남아야 한다.

되돌아보면 인생에 얼마나 고비가 많은데 정시도 아니고 수시 떨어진 걸로 우나 싶지만, 우리에겐 인생 첫 쓴맛이었다. 공부 잘한 것들이 낙방을 처음 한 거 아닌가. 가고 싶은 학교가 응 년 아냐, 처음으로 거절 때린 게 아닌가. 물론 그 뒤로 남자한테 차여, 입사에 떨어져, 취직하고 결혼하고 나서도 주구장창 산전수전의 고난이 기다렸지만 19살의 우리가 알 턱이 있냐고. 인생 쓴맛을 함께 본 것이 우리 인연의 시작. 한번 콧물 흘리며 우는 추한 꼴을 공유한 다음엔 빠르게 친해진 느낌이었다.

다행히도 눈치작전 끝에 정시로 같은 대학에 진학하게 되면서 인연의 끈은 이어졌다. 대학 가서는 고시를 준비한다며 그녀는 또 공부로 빠졌다…, 만, 나는 매일 불러내서 땡땡이치자고 꼬드기는 게 일이었다. 참 신기한 게 고등학교 때까지는 그렇게 열심히 공부하던 내가 대학 들어가자마자 공부를 놨으니, 한국 교육 폐해의 산 증인은…. 나야 나.

친구도 많고 세련되고 쾌활한 그녀와 친구도 별로 없고 촌스럽고 낯까지 가리는 내가 잘 어울릴까? 싶기도 했지만, 어느덧 이 글을 쓰는 지금까지 20년 넘는 세월을 함께했다. 돌이켜 보면 그 이후로도, 별거 아닌 일에 펑펑 우는 내 등을 두드려 준 건, 또 그러다 자기가 더 운 건 친구였다. 아나운서에 꽂힌 내 꿈을 귀담아 들어주고 응원도 해줬다. 긴 고시 공부 끝에 진로를 고민하는 친구더러 기자 시험 쳐보라고 꼬드긴 건 나였다. 아이가 어른이 되고 소녀가 여인이 되는 과정, 첫사랑의 아픔, 조마조마했던 구직, 직장생활의 시시콜콜한 애환, 30대 들어 둘 다 맞이했던 인생 최대 위기까지, 아주 조그마한 사건부터 큰 태풍까지 우리는 함께 나눴다.

비슷한 길을 걷는 친구가 있다는 건 큰 힘이 된다. 사랑이 떠날 때도 우정은 곁에 있었다. 방송국처럼 일반 직장과 비슷한 듯 다른 점 많은 곳 이야기를 밖에 나가 할 수 없을 때 서로의 조언자가 되어주곤 했다. 같은 분야에 종사하다 보면 친구가 경쟁자가 되기도 하고, 뒤통수 맞는 일도 있지 않은가? 그렇지만 오랜 세월 인연을 이어간 친구가 있다는 건 매우 큰 축복임에 틀림없다.

그리고 어느덧 서른이 우리에게 찾아왔다. 서른의 어느 날, 그녀에게 소감을 물었다. 기자인 그녀는 너무 바쁜 나머지 서른 된 줄도 몰랐단다. 서른 넘자마자 결혼하고 싶어 안달복달하던 나와 달리 그녀는 자기 몸 하나 건사하기도 힘들다며 시큰둥했다.

30대에 들어서는 더 이상 동미와 나난처럼 〈싱글즈〉라는 공통분모로 엮을 순 없었다. 서른이면 지구정복은 아니어도 여유는 갖출 줄 알았지만, 우리의 서른은 여유롭지도 화려하지도 않았다. 새해를 기다리듯 오기 전엔 설레지만 돌아보면 그저 그런 1년. 하지만 그래도 또 내년을 설레며 맞이하지 않던가?

… 그 서른으로부터도 이제 10년이 더 지났다. 아! 나이는 언제 이렇게나 먹었을까. 한정 없을 것 같던, 그 많던 우리 젊음은 누가 다 가져갔을까. 그런 변화에 서운함을 느낄 겨를도 없이 30대는 홀라당 지나갔다. 지난 10년간 우리에겐 지면에 담을 수 없을 만큼 파란만장한 일들이 있었고, 많이 아프고 극복했던 세월이라고 단순 요약하고 싶다. 20대를 함께 해준 친구가 있어 30대를 용기 있게 맞았지만 30대엔 인생이라는 놈으로부터 뺨을 대차게 맞았다. 그래도 내가 힘들 때 그녀가 위로했고 그녀가 힘들 때 내가 곁에 있었다.

아이 둘 워킹맘이 된 나와 여전히 싱글인 그녀의 갭은 점점 벌어지고 있다. 언제 시간을 함께했는지 조금씩 희미해져 간다. 내가 밤마실을 못 나가다 보니, 그녀 역시 이 일 저 일로 분주하다 보니 더이상 사귄다는 의심을 받던 시절처럼 살뜰히 우정을 챙기지 못한다. 육아가 주제의 90%인 나와 화제가 겹치는 부분도 줄어들고 있다.

그렇게 일상에 치이지만, 그래도 서로에 고마움을 느끼는 존재라는 건 확실하리라.

나는 피오나 공주

    가끔은 나 자신이 〈슈렉〉에 나오는 피오나 공주 같다는 생각이 든다. 방송을 통해 전파되는 나의 모습은 솔직히 '화장발'이다. 분장실에는 마법사들이 있다. 순서는 이렇다. 먼저 바탕부터 꼼꼼하게 깐다. 생기 없던 입술엔 붉은 립스틱을 얹는다. 화장의 핵심은 눈! 눈이 깊어 보이도록 충분한 음영을 준다. 가끔 생각 없이 책상 위에 놔두면 남자들은 '지네 발'인 줄 알고 경기를 일으키는 속눈썹을 얹으면 끝. 거울을 들어 살펴보자, 솔직히…, 좀 예뻐졌다.

    한창 뉴스를 할 때 가장 많이 했던 헤어스타일은 올'빽'이었다. 유명한 스타는 아니지만, 어쨌든 한 번쯤 TV에서 나를 봤던 사람도 실물을 대하면 같은 사람인지 몰라보는 가장 큰 이유였다. 잔머리가 하나도 남지 않도록 촘촘히 당겨 묶고 시크한 모습으로 TV에 등장하지만, 일상생활에서는 머리를 풀어헤치고 다니다 보니 인상이 달라 보인다고들 한다. 나이가 들면서 올백은 거의 하지 않게 됐는데,

머리를 세게 묶다 보니 이마가 점점 넓어질 뿐 아니라 두통이 생기기도 했다.

꼭 방송인이 아니더라도 우리가 타인에 대한 이미지를 형성할 때 가장 크게 작용하는 것은 역시 외적인 스타일이다. 어떻게 보이느냐에 따라서 그 사람은 '이럴 것이다'라고 판단한다. 요즘엔 연예 뉴스 코너에 댓글 창이 사라졌지만, 왜 이렇게들 겉만 보고 그 사람을 다 아는 것처럼 평가하는 글들이 많았던지. 직업을 불문하고 대중 앞에 선다는 것은 어쩌면 끝없이 나를 '아는 척하는' 뭇사람의 편견들을 감수해야만 하는 일일 것이다.

그러니 얼굴에 화장을 입히는 것처럼 마음에도 화장을 해야 했다. 그건 '가식'과 다르다. 세상 모든 사람들은 다소 차이가 있지만 남 앞에서 진짜 나를 있는 그대로 깔 수는 없다. '겁나 먼 왕국'의 공주에게 요구되는 자세가 있는 것처럼, 공적 존재로서 자신의 일을 하기 위해서는 마인드 컨트롤이 필요했다.

지금은 많은 사람들 뇌리에서 흩어졌지만, 미혼일 때 전혀 사실이 아닌 소문의 주인공이었던 적이 있다. 나를 모르는 사람들도 나를 보면 그 소문이 사실이냐고 물었다. 상대는 우리나라에서 유명한 기업가였다. 나와 겹치는 세계가 전혀 없어 나 스스로에게도 '범접할 수 없는' 느낌이었는데 내가 그 사람과 열애 중이라는 거다. 솔직히 나는 좀 황당했다. 내가 그렇게 대단한 사람인가? 가당치도 않은 소리였다.

처음엔 그저 가볍게 넘겼던 소문. '사실이었으면 나도 좋겠다!' 농담 삼아 넘겼던 소문은 시간이 지나면서 점차 변질되기 시작했다. 사실이 아니니 내용을 언급하고 싶지도 않지만, 어쨌든 정체 없는 소문이 사람의 정신을 갉아먹을 수 있다는 걸 느끼게 된 사건이었다. 꼬리에 꼬리를 문 소문은 날카로운 '창'이 되어 댓글 창에서 나를 공격했다.

한번은 모 여성 정치인을 인터뷰했다. 그해에 여대생들이 닮고 싶은 롤모델 1위는 한 여성 앵커였고 그 국회의원 역시 순위권 안에 있었다. 나의 정확한 질문은 "많은 여대생의 롤모델인데 본인은 어떻게 생각하는가?"였다. 그런데 시일이 지나고 이 질문이 '내가 그 정치인을 롤모델로 생각한다'로 변질되어 버린 게 아닌가. 악의를 품은 한 네티즌이 비방하려는 목적으로 교묘하게 편집해 어느 커뮤니티에 올린 것일 뿐인데, 대한민국 사회의 진영 간 대결이 격화되면서 그것이 나의 단골 댓글이 되기에 이르렀다. 사실 롤모델로 지목된 정치인은 나보다야 훨씬 치열하게 살았을 테니 '닮고 싶다', '닮기 싫다'를 내가 언급하는 것 자체가 실례라고 생각한다. 게다가 나는 정치인이 되는 것을 생각해 본 적도 없다. 그러나 히틀러나 김일성도 아닌 누군가를 내가 롤모델로 삼았다고 — 심지어 그것은 거짓말이다 — 해서 그렇게 익명의 탈을 쓴 이들에게 공격받을 일인가?

살다 보면 그렇게 남이 마음대로 갈겨 쓴 소설 때문에 오해받을 때가 있었지만, 펑펑 울다가도 아무 일 없다는 듯 평온한 얼굴로 세상을 대해야 했다. 애써 입혀 놓은 화장이 번질까 봐 뜨거워지는 눈시울을 억지로 식히는 날도 여럿이었다. 남의 눈에 비친 내가 찔러도 피 한 방울 안 나오게 느껴졌을지, 나는 남이 아니기에 알 수 없는 노릇이다. 세상의 일을 전하는 데 몰두했던 나이가 20대다. 남들 앞에선 세상일을 다 아는 것처럼 오만하게 느껴졌을까? 그래봤자 나는 20대 후반, 겉보기만큼 마음까지 단단하지도 못했다. 흔들리는 이유가 한두 가지가 아니었다.

지라시 같은 억측으로 지쳐갈 때쯤 지금의 남편을 만났다. 지금이야 아무도 기억 못 할 일이지만 나의 상처는 깊었다. 결혼이라는 게 타이밍이라더니, 그때 만나게 된 열 살 터울의 오빠는 늘 힘이 되어주었다. 여기저기 생채기가 난 마음을 리셋할 수 있도록 따뜻하고 든든한 말을 잊지 않았다. 흔히 '백마 탄 왕자님'이라고 하지 않나. 처음엔 몇 번을 퇴짜를 놨는데(이건 내 기억인데 남편은 자꾸 내가 자기를 쫓아다녔다고 주장함) 어느 날 회사 앞으로 찾아와 마음 아픈 나에게 죽을 사주었을 때, 아직 아무 사이도 아닌 그분에게서 희미하게 백마의 그림자를 본 것 같긴 하다.

어려울 때 나타난 백마 탄 왕자님과는 결혼하고 나서 어땠을까? 동화에서는 "공주와 왕자는 결혼해서 행복하게 살았대요~"라고 끝나지 않는가? 죄다 뻥이다. 밖에서야 꾸미고 있으니 그래도 좀 이쁘다는 소릴 듣고 살지만, 우리 남편이 집에서 보는 나는? 음…, 나도 그것이 늘 궁금하다.

절세의 미녀 피오나 공주. 하지만 그녀는 해가 지고 나면 흉측한 괴물로 변신한다. 옛날 옛적 12시 땡~ 치면 헐레벌떡 집으로 돌아가야 했던 신데렐라처럼.

나 역시 일상에서는 마찬가지다. 시청자들이 보는 내 모습은 없다. 철저한 자연인. 각 잡힌 정장을 벗어 던지고 후들후들하게 늘어진 티를 입는다. 화장을 지우고 편안한 얼굴이 되는데, 왠지 보는 사람은 더 불편할 것 같긴 하다.

게다가 중요한 것은 겉과 속이 다른 외모뿐 아니라, 우리가 서로 상상했던 성격도 다르다는 것. 처진 눈매에 매너 좋고 인자하기만 하던 백마 탄 왕자님은 결혼하고 보니 세상 '엄근진'이 따로 없다. 남편에게 나도 완전 상상과 딴판이었겠지? 결혼 전엔 늘 일하다 바쁜 시간을 쪼개 만났기에 남편은 늘 정장 차림이었다. 근데 그 멋진 양복 수트빨의 그는 어디 간 거지? 이분 역시 나처럼 늘어진 티와 뺑글뺑글한 안경을 쓰고 있다.

피오나 공주는 저주가 풀리면 미녀가 될 줄 알았다. '미녀'가 자신의 본모습이라고 생각했기 때문이다. 하지만 이게 웬걸, 진짜 모습은 못생긴 괴물이었다. 운명의 짝도, 늘 당연할 거라 상상하던 멋진 왕자님이 아니라 못생긴 녹색 괴물 슈렉이다. 아, 이거 내 상황 같은데? 밖에서와 딴판인 서로의 모습을 감당하고 사는 우리 부부처럼 말이다. 환상이 와장창 산산조각이 나지 않나.

하지만 피오나와 슈렉은, 우리는 서로를 사랑하게 된다. 우여곡절을 거쳐 자신의 참모습을 마음껏 드러낼 수 있고 그 모습을 사랑해줄 사람이 서로임을 깨달았기 때문이다.

청학동 소년이 아닐까 생각할 만큼 보수적이고 반듯한 남편이라 그런지 이상하게도 짧은 연애 시절 함께 본 영화가 애니메이션인 〈슈렉〉이다. 서른, 마흔 된 남녀가 로맨틱 영화가 아니라 만화영화를 본 거다. 사실 그때는 내가 이 남자랑 결혼하게 될 줄도 몰랐다. 바로 옆에 앉아있는 이 재미없는 아저씨인 줄도 모르고 '자연인 조수빈을 사랑해줄 소울메이트는 어디 있을까?' 되뇌이며 '겁나 먼' 길을 가는 중이었다. 민낯을 좋아해주고, '왜 뉴스 할 때처럼 그렇게 멋지고 똑똑하지 않냐'라는 바보 같은 질문을 안 하는 사람은 어디 없을까, 하고 찾는 중이었다.

결혼을 하면 일단 겉모습이 보여주는 환상이 1차로 걷히고, 그다음 몰랐던 상대방의 진짜 모습에 당혹스러워진다. 그런데, 우리의 진정한 왕자님은 못생기고 뚱뚱한 슈렉일 수도 있다. 차라리 그게 낫다. '프린스 차밍'처럼 잘 생겨도 마마보이라면…, 정말 우웩!

마음 따뜻한 사람을 만나 가정을 꾸렸어도, 어찌 장밋빛이기만 할까. 슈렉 시리즈의 대단원 〈슈렉 포에버〉를 보면 진정한 인생의 민낯과 마주하게 된다. 마침내 사랑의 결실을 맺은 슈렉과 피오나. 하지만 빽빽 우는 아이들 우유 먹이고 기저귀 갈아주다 보면 하루가 어떻게 돌아가는지도 모른다. 개인 생활은 언젠가부터 꿈이 되어버리고, 다람쥐 쳇바퀴 돌듯 빠듯하게 돌아가는 일상! 바로 그게 〈슈렉〉을 함께 본 남자와 결혼하고 지난 10년 동안 내가 보낸 일상이었다.

빡빡한 일상은 현실이다. 하지만 '있을 때 잘해야' 한다는 걸 깨닫는 슈렉 같은 사람, 묵묵해도 진득한 짝이, 친구가 우리 곁에 있다면 안도해도 되지 않을까. 아! 물론 마법사의 꼬임에 속아 계약서에 사인하는 슈렉을 보니 서류를 꼼꼼하게 읽는 똑똑함은 좀 갖추는 사람이 우리의 소울메이트면 좋겠다는 바람 정도는 품었는데, 우리 신랑은 지독하게 꼼꼼⋯. '할많하않'이다.

그래도 생각해 보니 나를 괴롭히던 타인의 시선을 의식할 필요도 없다는 걸 깨달은 10년이기도 했다. 20대 후반의 나는 왜 쓸데없는 것에 정신이 털려있었을까. 덕분에 생각보다 빨리 결혼을 하게 되긴 했지만 말이다. 그 결혼생활도 치열하게 싸우고 또 치열하게 노력하고 견뎌오며, 남의 시선을 의식할 틈도 없이 굴러가 버렸다.

때때로 우리는 화장이든 포커페이스든 우리의 아픈 감정을 숨기고 세상을 대해야 한다. 오로지 진짜 모습은 해가 지고 난 뒤 집으로 돌아갈 때만 드러낼 수 있다. 나도 사실 40시간 긴긴 진통 끝에 아이를 낳으면서 남편이 더 편안해지긴 했다. 긴 진통은 내가 인간 이전에 포유류구나, 라고 느끼게 했고 도저히 예뻐 보일 수 없는 시간이기에, 그 통과의례를 거치고 나니 서로의 진짜 모습을 더 많이 알게 됐다.

연애한 지 얼마 안 됐을 때 신랑이 "수빈이를 보면 린넨이 떠오른다"고 말한 적이 있다. 나는 그게 무슨 뜻인지 몰랐는데, 린넨이라는 천이 부드러운 것 같지만 여러 번 빨아도 손상되지 않는 튼튼한 천이라고 한다. 나를 보면서 부드러운 실크나 야릇한 망사 천을 생각한 게 아니라 린넨이라니, 아마도 결혼 후에도 쉽지 않을 아내임을 예견한 건가? 하하. 본인은 그때 내가 약해 보이지만 또 강한 사람처럼 보여서 한 말이라고 하는데, 그래서 자신이 옆에서 잘 지켜주고 싶어 한 말이라는데, 지금도 약해 보이나요, 여보?

너는 왜 내가 생각했던 공주가 아니냐고! 왜 왕자가 아니냐고! 밖에서 본 것처럼 예쁘고 멋지지 않냐고!

그래도 엉덩이 붙일 틈 없는 세월을 함께 견디며 단단해진 걸 보니, 남들이 보는 내가 아닌 진짜 나를 아는 당신. 나는 피오나, 당신은 슈렉. 뺑글뺑글한 안경을 끼고 서로를 보아도 부끄럽지 않은 사이. 어쨌든 당신 앞에서는 얼굴도 마음도 화장하지 않고도 편한 경지에 이르렀으니, 앞으로도 열심히 살아 보아요.

인생은 러브 액츄얼리

나도 엄마가 되는구나. 아이 둘 주렁주렁 달고 다닐 내 모습을 상상조차 못 했던 젊은 날, 크리스마스 시즌만 되면 근무에 '축! 당첨' 되곤 했다. 15년을 한 직장을 다녔으니, 연차 쌓이면 해방될 줄 알았건만 12월 근무표를 보면 나만 유독 '크리스마스 근무'에 당첨되는 씁쓸한 기분이란…. 후배들이 들어오면 '혹시나~' 했으나, '역시나~'였다. 뭐, 어차피 데일리 방송을 해왔으니 비가 오나 눈이 오나 출근해야 하는 건 알고 있지만, 빨간 날 놀고 싶은 건 인간의 본능이지 싶다. 지금이라면 하루쯤 육아에서 해방될 수 있으니 근무가 걸리는 게 더 반가우려나? 마음만 먹으면 내 몸 하나 챙겨 홀홀 날아다닐 수 있었음에도, 시간이 금쪽인 줄 몰랐던 그 시절에도, 크리스마스는 산타 할아버지에게 받을 게 없어도 뭔가 기대되는 날이었다.

푸념을 늘어놓자는 건 아니다. 열심히 일하면 꼬박꼬박 월급 주는 직장이 있다는 건 감사한 일이다. 날 원하는 곳이 있다는 건 분명 복 받은 일이다. 그때라고 쉬운 건 아니었지만, 요즘 번듯한 직장 들어가기가 얼마나 고된가. 젊음은 상대적인 것이라, 늘 나보다 어린 친구들을 부러워하다가도 퍼뜩 몇 년 일찍 태어난 이유로 20대부터 소같이 일하는 복을 누렸으니, 언제면 이 복을 다 갚고 살까, 싶기도 하다.

눈이 오나, 비가 오나, 바람이 부나 근무에 당첨되던 시절에도 나름대로 크리스마스를 즐기는 방법은 있었다. 지금도 사람 많은 곳을 좋아하지 않는 터라, 두꺼운 화장을 한 채 거리로 나서기도 찜찜하고 일부러 예약까지 해가며 이벤트를 계획할 열정은 애당초 없었다. 그렇다고 늦은 밤 '나 홀로 집에' 앉아 어릴 적 남자친구인 '케빈'과 함께 하기에는 이미 내 나이가 케빈 엄마뻘이다.

그게 시작이었다. 크리스마스 때마다 〈러브 액츄얼리〉를 본 건. 똑같은 영화를 여러 번 본다는 건 참 희한한 일이다. 등락이 반복되는 인생의 어느 변곡점에서 영화를 보느냐에 따라서 슬픈 영화가 웃기기도 하고 웃긴 영화가 슬프기도 하다. 내겐 이 영화가 그랬다.

어릴 땐 격정적이고 운명적인 사랑, 이뤄질 수 없는 사랑만 사랑이라는 환상, 아니 착각이 있었다. (〈굿바이, 레트 버틀러〉 편 참조) 하지만 살다 보니 사랑엔 배스킨라빈스 31가지 맛보다 훨씬 다채로운 색깔이 있더라. 받는 사랑, 주는 사랑, 짝사랑, 우정, 부모의 사랑, 자식의 사랑…. 게다가 똑같은 사랑조차 세월에 따라 해석이 달라지고 만다.

사회적인 위치 때문에 나탈리에게 다가가지 못하는 영국 수상 (휴 그랜트 역). 그 모습을 보며 예전에는 방송을 한다는 이유로 소문이 날까 조심조심 사랑 앞에 소극적이던 미혼의 내가 떠올랐다. 하지만 지금 그때를 생각하면 참 어리석었다는 생각뿐이다. 지금 실제 영국 수상은 세 번인가 네 번인가 대놓고 연애하며 결혼도 잘만 하더만. 탑 아이돌들도 쿨하게 공개연애 하더만.

휴 오빠! 그냥 나탈리한테 사랑한다고 말해요! 저질러 버려요! 인간은 누구나 나이가 들어갈수록 사랑하기도 힘든데 할 수 있을 때 해야죠! 수빈아! 너도 용기를 내도 된다구! 난 뭣하다가 우리 신랑이랑 길거리에서 손 한 번 대놓고 잡아보지도 못하고 결혼했냐고, 누가 뭐라 한다고! 하긴 뭐 방송이 직업이라서가 아니라, 그 시대가 일반인들도 공개적으로 애정표현까진 잘 안 하는? 묘한 분위기가 있긴 했지. 오늘도 길거리를 가다 길거리에서도 쪽쪽 키스하는 젊은 연인들을 보니 아, 내가 옛날 사람이구만. 현타가 오긴 하더라.

짝사랑하는 여자 친구한테 잘 보이고 싶어 밤낮 드럼 연습을 하던 귀여운 샘. 사춘기가 일찍 찾아온 바람에 초등학교 시절 한 남자

아이 앞에서만 얼굴이 빨개지던 내가 떠오른다. 지금도 붉은빛 나무 마루가 또렷이 기억나는 학교 교실에서 나는 피아노를 쳤다. 친구들 중에는 그 남자애도 있었지. 어느새 시간이 지나고 보니 어린 나는 사라지고 초등학생의 엄마가 되었다. 이전에는 어린 내가 생각났다면, 지금은 딸이 떠오른다. 엄마 품속 사랑스런 아기 같은 우리 딸도 샘처럼 설레는 감정이 찾아오려나? 와, 진짜 나 말고 좋아하는 대상이 생길까?

무뚝뚝한 남편의 양복에서 발견한 값비싼 목걸이, 하지만 내가 아닌 다른 여자를 위한 선물이란 걸 알았을 때, 캐런은 모른 척 눈물을 참았다. 처음 영화를 봤을 땐 사랑의 아픔에 잠 못 이루던 밤이 다시 찾아온 것 같았지만, 결혼생활을 경험해 보니 연애 때 실연과는 비교할 수도 없는 복잡한 감정이란 걸, 언뜻 알 것도 같다. 속 깊은 남편 덕에 그런 상처는 입은 적 없어 감사하기도 하고, 다만 이 나이가 되고 보니 친구들 가운데 갑작스런 배우자의 바람으로 상처받는 이들이 떠올라 착잡하다.

한물간 로커, 빌리 곁을 지키던 매니저 조는 어떤가. 초장에 일이 풀렸던 이들은 '자신이 노력했으니까' '내가 잘나서' 잘 된 거라 착각하기 쉽다. 하지만 세월이 흐르고 보니 어려운 시절에 모두가 등을 돌린 것 같아도 한둘쯤 내 손을 잡아주던 인연은 있었다. 인연이란 게 흐르는 물과 같아서 어느 고비에서 만났다 어느 줄기에서 갈라지기도 하지만 '그때 그 선생님을 만나지 않았다면' '그때 그 선배님을 만나지 않았다면' '그때 묵묵히 내 곁을 지켜준 그 친구가 아니었다면' 같이 감사한 얼굴들은 한둘이 아니다. 내가 지금까지 그래도 크게 망하지 않고 산 데는 매니저 조처럼 곁에서 내 흑역사를 함께 감당해준 사람들 덕분이겠지. 사람이 참 어리석어서 그 순간에는 얼마나 귀한 인연인지 잘 모르다가 이렇게 시간이 흐른 뒤에야 문득 감사함이 차오른다.

언젠가 내가 경험했던 크리스마스가 떠오른다. 어느 가정에나 봄 여름 가을 겨울이 있듯이 우리 부부가 겨울을 지나던 즈음이었다. 오랜 기간 외국 출장을 갔던 남편이 도착하던 날이라 크리스마스 식탁을 꾸몄다. 곧 출산일을 앞두었고 가장이 집을 비워 썰렁했던 집안에 크리스마스 캐럴이 흘렀다. '똥손'이었지만 레시피를 찾아가며 부른 배로 된장찌개를 끓였다. 서툴게 차린 식탁이었다. 오랜만의 재회가 왠지 낯설기도 했지만, 나는 집안에서 기다리는 동안 곧 태어날 아이와 셋이 함께 채울 집을 상상했다. 이상하게도 마음이 서글프면서도 따뜻했다.

남편이 현관문을 열고 들어오기 전까지 교차했던 여러 감정들. 우리는 크리스마스 이브, 특별할 게 없는 저녁 식사를 함께했고 2주 뒤 첫 아이가 태어났다. 그리고 지금은 둘째까지 우리 곁에 있다. 겨울바람이 불다가 가을 여름 봄 거꾸로 온 것 같지만, 나는 더 이상 크리스마스라며 쇼핑을 하거나 데이트를 하거나, 놀러 가거나, 그런 것을 더 이상 바라지 않게 되었다.

　오랫동안 비워진 집이 다시 남편, 첫 아이, 둘째 아이로 수년에 걸쳐 채워져 가면서 평범함이 가장 소중하다는 걸 깨달았기 때문이다. 어느 순간 크리스마스라고 특별한 외식이나 여행을 계획하지 않고 그날만큼은 집 안에서 서툴게 차린 평범한 밥상을 가족과 함께 앉아 나누는 이유가 되었다.

　〈러브 액츄얼리〉가 여러 사람의 사랑 이야기인 것 같지만, 결국 한 사람의 인생에서 다 겪어볼 수 있는 사랑 이야기다. 결혼과 사별, 첫사랑, 짝사랑, 가족 간의 사랑, 동료 간의 의리, 수상부터 어린 소년까지 사랑 앞에서는 모두가 진심이고 한없이 약하다. 그래서 매년 설레는 마음으로 같은 영화를 보는 것 아닐까?

　살다가 가슴 아픈 날이 온다면 우리가 누군가를 사랑하기 때문이다. 그 사랑을 얻을 수 없어서 혹은 얻기 위해서 각자의 상황에 맞춰 다르게 대응할 뿐이다. 다만 사랑하는 사람들이 곁에 있는 한, 조금 외로운 날들도 화려한 크리스마스트리처럼 빛을 발한다는 것만은 분명하다.

　더 이상 싱글이 아니기에 이번 크리스마스 역시 우아하고 한가로운 크리스마스는 아니겠지. 사랑하는 아이들 소리로 왁자지껄한 외중에도 〈러브 액츄얼리〉를 보겠다. 산타 할아버지한테는 어떤 소원을 빌어야 할까? 줄리엣의 집 앞에서 'I LOVE YOU'라고 적힌 스케치북을 들고 고백했던 마크가 생각난다, 예전 나는 일기장에 마크처럼, 한 여자를 정성 다해 사랑하는 멋진 짝을 만나게 해달라고 빌었지, 하지만 짝을 만난 뒤로도 인생에는 기쁘고 슬프고 화나는 일들이 반복됐고, 수많은 좌절과 극복 속에 사랑을 대하는 나의 자세는 더 여유롭고 깊어진 것 같다. 결국 우리가 한평생 경험하는 수많은 사랑이 켜켜이 쌓여 한 단어로 정의 내릴 수 없는 나 자신이 되어가는 것 아닐까?

사랑도 인생도 모두 '러브 액츄얼리'하길!

갑작스런 이별에 힘든 청춘에게

청춘은 설렘으로 시작해 사랑을 경험하며 활짝 꽃 핀다. 달콤한 사랑비는 결국 그치고 차디찬 헤어짐의 폭우가 쏟아진다. 이렇게 아플 줄 알았으면 사랑도 하지 말 것을…. 세월 따라 경험이 쌓이면서 아픔은 서서히 무너진다. 이별은 그러면서 사람을 성숙하게 한다. 하지만 이별의 순간이 아프지 않다면, 그것은 청춘이 아니다.

그는 왜 이별을 고했을까. 어제만 해도 잘 웃고 지내던 두 사람이 어느 날 벼락처럼 남남이 되는 것이 청춘의 통과의례인 걸까. 두 사람이 만난다. 동시에 번갯불이 빠직, 하기도 한다. 하지만 보통, 처음엔 어느 한쪽이 적극적이다. 그러다 '연인'이라 꼭 이름 붙이지 않아도 가까워져 버린다. 그렇게 커플이 된 두 사람, 한동안은 더없이 무탈하게 잘 지낸다. 아마도 모르는 사이에 누군가는 이런저런 실수를 했을 수도 있다. 둔한 사람은 그냥 지나갈 테지만 어느 한 사람은 혼자 마음에 칼을 맞는다. 그러면서, 사랑이 불붙을 땐 순식간에 적립되던 마일리지는 곶감 빼먹듯 하나하나 차감되어 간다.

부부 사이에도 '감정통장'이 있다는 책을 봤다, 서로 감정이 좋으면 저축이 되고, 나쁘면 인출이 된다는 비유인데, 그런 과정을 부부만 겪을까, 사람이 다 그렇더라. 플러스였던 통장이 마이너스로 돌아서는 찰나에, 이별은 온다.

'갑자기 이별 당했어요'라는 사람의 이야기를 들어보면, 대개 싸운 적도 언성을 높인 적도 없다. 그러다 어느 날, 한쪽이 '우린 인연이 아닌 것 같다'라고 질러버린단다. 사랑이 익숙지 않은 청춘에게, '이별 당함'은 뼈를 때린다. 조금 경험이 쌓이면 아픔의 날이 무뎌지는 시간이 빨라지지만.

이런 식의 이별을 당한 이에게 희망이 있을까? 누군가 내게 묻는다면, '없다'고 칼같이 자를 수밖에. '엊그제만 해도 좋았는데! 오늘 아침까지도!' '그 사람이 말 못 할 사연이 생겼나?' '좀 참았다 내일 전화해볼까?' 다 부질없다. 자기 위안일 뿐. 차라리 평소에 각 세우며 으르렁대던 커플은 희망이라도 있다. 애정이 있어야 기대도 하고 그러다 실망하면 싸우기라도 한다. 너무나도 잘 지내던 사이에서, 특히 남자 쪽에서 이런 말이 나온다면 일찍 희망을 버려야 한다. 아무리 난리굿을 쳐도, 냉혹한 진실은 달라지지 않는다.

무탈했던 연인들의 갑작스런 이별. 굳이 그 사람이 왜 나에게 '핵폭탄' 같은 이별을 선포했는지 알려고 하지 마라. 알아봤자, 예전처럼 돌아갈 수 없다는 사실을 확인하곤 괴로울 뿐이다. 돌아올 사람은 돌아온다. 이제 평균 수명이 100세라는데 당신이 20세라면 앞으로 80년 동안 만나지 말란 법도 없지 않은가? 하지만 그는 아무리 다그쳐 봐도 '이별의 진실'을 말해주지 않을 것이다. 막장, 끝장이다. 그저 아름다운 추억 한 조각으로 남겨둬야 한다. 그게 속 편하다.

사랑에도 생명이 있다. 살아있는 생물처럼 사랑은 나도 모르는 사이에 씨앗에서 싹을 틔우고 무럭무럭 자라 꽃을 피운다. 그 사랑이 살아있을 때 얼마나 아름다웠는지, 얼마나 즐거웠는지. 하지만 언젠가 그 사랑도 생명을 다해 죽기 마련이다. 이미 예전에 죽어버린 사랑. 이미 죽어버린 사랑을 되살리려고 애쓰는 것이 무슨 소용이 있을까.

… 이건 생전 처음 잠수 이별을 당하고 방 밖으로 나오지 못했던 20대 초반의 나에게 하는 이야기다. 지금 생각하면 그게 연애였나 싶은 짧은 '썸'이었지만 아팠던 건 아팠던 것이다. 나는 왜 내가 이별 당해야 했는지 한참 동안 골몰하며 말라 갔다. 그리고 어느 날, 어떤 여자가 내가 선물해준 남자 티셔츠를 입고 있는 사진을 보게 되었다. 내가 어떤 실수를 했는지 자책했던 시간들의 결말이었다.

〈인생은 아름다워〉란 영화를 보며 나는 그런 사랑을 떠올렸다. 난 정말 4차원인가 보다! 〈인생은 아름다워〉가 어떤 영화인가, 파시즘에 짓밟힌 유대인들의 수용소. 그곳에서 꽃처럼 피어난 아버지의 애끓는 부정을 다룬 영화인데, 인류애의 사명의식을 가져도 모자랄 판에 시시콜콜하고 그저 그런 이별을 회상한 것이다.

오래된 영화라 잠깐 설명하자면, 명배우 로베르토 베니니가 주인공, 귀도를 연기했다. 시대는 2차 대전이 한창인 1930년대로, 아직 전쟁이 발발하기 전 평화롭고 아름다운 배경에서 시작한다. 귀도는 운명처럼 한 여인, 도라를 만났다. 버젓이 약혼자가 있는 여자. 하지만 한 눈에 꽂힌 그는 그녀를 데리고 야반도주를 해 버린다. 그리고 보석 같은 아들 조슈아를 얻는다.

언젠가 우리에게도 아름다운 시절이 있었을 것이다. 한눈에 반한 것까진 아니라도, '아, 정말 인연을 만났나 봐!' 두 눈에서 하트가 뿅뿅 나온다. 매일매일 봐도 보고 싶다. 무미건조하고 다람쥐 쳇바퀴 같은 생활 속에 문득문득 날아오는 그의 달콤한 문자. 아, 행복하다.

문제는 행복한 날이 영원하지 않다는 것이다. 유대인 말살 정책으로 귀도 가족은 수용소로 끌려간다. 귀도는 알고 있다. 어쩌면 자신도, 사랑하는 어린 아들도 죽임을 당할 수 있다는 걸. 정말 최악이다. 나라면 어땠을까. 누가 죽이기도 전에, 겁이 나서 시름시름 앓다가 죽어버렸을 것이다.

어쩌면 사랑했던 두 사람 중 한 사람은 먼저 알았겠지. 지금은 서로 얼굴 바라보며 시시덕거리지만, 이 시간도 곧 끝날 것임을. 가벼운 바람둥이 얘기가 아니다. 아무리 진실한 마음으로 시작했어도, 둘 중 한 명은 먼저 깨달았을지 모른다. 어쩌면 운명처럼 느꼈던 그, 혹은 그녀와 내가 전혀 맞지 않는 사람이라는 걸…. 그만 만날까? 더 참아볼까? 소심한 사람이라면 말도 못 하고 끙끙, 고민만 했으리라.

절망적인 순간, 귀도는 아들에게 '선의의 거짓말'을 하기로 결심한다. 우리는 지금 신나는 게임을 하고 있다고. 끝까지 들키지 않고 숨어있으면 1등 상으로 탱크를 받게 될 거라고…. 그래야 아들은 악착같이 어디엔가 숨을 테고 나치가 혹시라도 발견하지 못하면 아들은 목숨을 건질 거라고 생각한 것이다. 귀도는 늘 웃었지만, 하루하루 속은 타들어 갔을 테지. 아무것도 모르는 아들에겐 신나는 놀이였겠지만.

둘 중 불길한 예감을 느낀 사람. 어쩌면 그는 상대방에게 아무런 티도 내지 않을지 모른다. 드라마엔 예고편이 있지만, 이별엔 예고편이 없다. 아무것도 모르는 사람은 여전히 즐겁고 행복하게 시간을 보낼 거다. 자신의 코앞까지 엄습한 이별의 그림자 따위는 눈치채지 못하고.

〈인생은 아름다워〉의 결말은 어땠는가. 귀도는 아들에게 끝까지 비참한 현실에 대해 단 한마디도 하지 않는다. 물론 아들이 역사의 소용돌이를 이해하기엔 너무 어리기도 했다. 하지만 그보다는 인생이 언제 끝날지 몰라도, 아버지는 '웃다가' 아들과 이별하고 싶었던 것은 아닐까. 어린 아들이 혹시 죽게 된다고 해도 살아있는 동안은 공포를 느끼지 않기를 바라는 속 깊은 마음. 결국 그는 죽고, 아들은 산다.

혈연으로 맺어진 끈끈한 부자의 정을 스쳐 지나가는 남녀 간의 연정과 비교하는 건 무리일까. 무리다. 나도 안다. 그러나 아무것도 분명히 알 수 없었던 20대를 보내고 이제는 알 것 같다. 어쩌면 우리의 이별이 조금 덜 아팠던 것이 그가 '진실'을 말하지 않기 때문은 아닐까? 물론, 바람둥이들 이야기가 아니다. 진심으로 시작했던 사랑 말이다.

전쟁통이라는 비극적인 상황도 '신나는 놀이'라고 믿는 이에겐 희극이었다. 그래서 이 영화가 더 슬프고 아름다운 건 아닐까. 21세기 젊은 세대들은 진짜 전쟁을 국제뉴스에서만 본다. 그럼 우리는 행복해야 하는 거 아닐까? 그런데도 전쟁 같은 상실과 좌절의 감정과 싸워야 할 때는 있다. 전쟁과 비교하는 게 전쟁 난민들에겐 너무나도 미안한 이야기지만. 갑작스럽게 찾아온 이별 때문에, 노력했지만 떨어진 시험 때문에, 취직이 안 돼서, 집안이 망해서, 가족이 세상을 떠나서…. 그런 일들에 익숙해지기엔 시간이 필요하고 청춘은 미숙하다. 사람을 벼랑 끝으로 몰고 갈 이유는 전쟁이 아니더라도 한 두 가지가 아니다.

내 인생엔 왜 이렇게 나쁜 일만 자꾸 일어나는지. 날 사랑했다고 말한 사람은 왜 갑자기 변했는지. 생각하면 땅속으로 자꾸 파고드는 것 같고 괴로울 것이다. 나 역시 그랬다. 사람이니까. 자다가도 팔딱팔딱, 가슴이 벌렁벌렁, 코너에 몰린 기분을 느낄 때가 있었다. 아, 이 글을 쓰다 보니 기억이 난다.

〈인생은 아름다워〉에서 귀도의 인생은 사실 슬펐다. 하지만 아름다웠다. 그 이유는 뭘까. 비극을 비극으로 받아들이지 않았기 때문이다. 적어도 그가 사랑하는 아들, 조슈아만큼은 행복했다. 그 순간, 아버지가 죽던 바로 그 순간까지 '진실'을 몰랐기 때문이다. 그저 신나는 놀이라고 믿었기 때문이다.

우리 인생에선 모르는 게 약일 때도 많다. 몰라도 될 것까지 알려고 정신을 소모하지 말자. 인생은 바라보는 대로 느껴질 때가 많다. 비록 전쟁보다 더 심한 죽음의 고통이 느껴진다고 해도 지나치게 슬퍼할 필요도 없다. 집착할 필요도, 이유를 파고들 필요도 없다.

그가 왜 갑자기! 이별을 선고했는지. 왜 내게만 갑자기! 불행이 닥쳤는지. 진짜 이유를 알 수 없다고 해도 답답해하지 말자. 몰라서 행복할 수도 있다. 정말 내 성격에 문제가 있는지, 그(그녀)에게 딴 여자(남자)가 있었는지, 알면 뭐 달라지나? 속 시원한 건 잠깐! 현실은 달라지지 않는다. 알면 속만 콕콕 쑤실 뿐이다. 나에 대한 비난은 들어봐야 상처로 못 박힐 뿐이다.

돌이킬 수 없다면 모든 게 마찬가지다. 그냥 귀도 같은 사람이었다고 믿어 보는 건 어떨까. 좋았던 시간을 좋았던 채로 남기고 싶었던 사람이라고…. 그리고 나는 신나는 놀이를 했던, 해맑은 조슈아였다고. 당신의 청춘은 생각보다 짧다. 골머리 썩으며 청춘을 어둡게 끌고 가기보다 '인생은 아름다워!'라고 외치며 한 번 더 웃자.

아팠던 경험은 정말 나를 많이 성숙시켰고 한참을 지나 진짜 사랑을 만나게 되었다. 처음에는 원망했지만 시간이 지나고 나니, 왜 끝나야 하는지 몰랐던 게 오히려 다행이었다고 생각하게 되었다.

잊고 있었던 이야기를 쓰게 된 건 〈인생은 아름다워〉란 영화 한 편 때문이다. 그리고 잊고 있던 그 사람의 근황을 거의 20년 만에 며칠 전, 신문에서 보았기 때문이다. 내가 많이 아팠던 인연이었지만 '그동안 잘 살았구나' 찰나에 스쳐 지나가고 곧 일상으로 돌아갔다. 결국 아무리 아팠던 기억도 아무렇지도 않은 순간이 왔다.

내가 그토록 알고 싶어 했던 이별의 이유는 사실 중요하지 않았다.

2

나의 목소리는 오직 당신을 위해

좌충우돌 아기 아나운서에서
산전수전 다 겪은 프리랜서 앵커까지,
좋은 방송인으로 남기 위한 고민의 기록들

강릉의 이영애

나는 이영애였다.

갑자기 무슨 귀신 씻나락 까먹는 소리냐고? 안티 백만 양성 중이냐고? 아무리 애 둘 엄마가 됐어도 이영애는 이영애, 어따 갖다 붙이냐고? 돌 맞을 소리지만 우길 수밖에.

나는 '강릉의' 이영애였다.

스물넷, 수신료의 가치를 실현한다는 방송국에 입사했더니 '문화'적이거나 '서울'스런 직장과는 다른 점이 있었다. 다른 방송사에서는 지상파 아나운서로 입사만 하면, 곧바로 서울로 출근하며 전국 방송을 타는데, 우리는 '반드시' 지방 근무를 1년에서 3년 정도는 마쳐야 했다. 분명히 나는 한방에 붙었는데 재수 삼수 끝에 합격한 학원 동기가 먼저 TV에 등장한 이유다.

처음 합격 통보를 받았을 땐 펄쩍 뛰었다. 기뻐서. 그 바람에 깜빡했다. 인생 처음 해보는 객지+자취 생활이 날 기다리고 있다는 것을. 요즘이야 어느 직장도 그렇게 안 할 것 같은데, 내려가는 날까지 강원권이라는 것만 연락받았지, 춘천인지, 강릉인지, 원주인지도 몰랐다. 엄마 차에 대충 짐을 싣고 총국인 춘천으로 내려갔더니 동기 아나운서는 춘천, 나는 강릉으로 가란다. 지금이야 서울에서 itx인지 ktx인지 타고 출퇴근도 한다지만, 그때는 경춘고속도로도 뚫리기 전이었다. 한참을 왔더니 또 대관령을 넘어가라니. 대관령 꼬부랑 고개를 넘을 때에서야 비로소 왈칵 눈물이 났다.

누구나 해야 하는 지방 근무란 것은 잘 알았다. 하지만 부모님 집에서 엄마가 해주는 밥을 24년 동안 얻어먹으며 살았던 내가 아닌가? 24살이 어른 같지만 사실 아직 애 아닌가? 첫 직장생활을 아는 사람 하나 없는 객지에서 혼자 시작하기란 두려운 일이었다.

눈물 콧물을 섞어 대관령을 넘는데 바람은 왜 그렇게 세차게 몰아치는지. 이게 그 악명 높은 강원도 칼바람일까. 첫 출근하는 날에도 아나운서 시험 때 입었던 남색 투피스 치마가 획획 펄럭였다. 난처하다 싶으면서도, 바람에 실은 공기만큼은 더없이 맑고 청량해, 정신이 번쩍 들었다. '너 우리 동네에 웬일이니?' 하며 눈을 동그랗게 뜨고 맞아주는 강릉이었다.

영화 〈봄날은 간다〉에 나오는 방송국, 기억하는지. 언덕배기에 자리한, 아주 오래된 녹색 건물. KBS라는 작은 간판만 없다면 방송국인지조차 알아차리지도 못할 듯하고, 시골 분교도 그보다는 조그맣지 않을 것처럼 아담하다. 아나운서를 꿈꿀 때 상상하던 커다란 스튜디오도, 화려한 조명도 없었던 그곳이 나의 첫 근무지, 강릉 KBS였다. 라디오 PD이면서 DJ였던 〈봄날이 간다〉의 이영애, 은수의 직장이기도 한 그곳.

내가 근무했던 사무실, 첫 마이크를 잡은 곳에서 은수는 방송을 준비했다. 투박한 철제 데스크는 작은 사무실의 햇살 좋은 곳에 자리잡고 있었다. 그 자리에 앉아 스스로를 '강릉의 이영애'라고 농담 삼아 불러 보았다. 왠지 기분이 한결 나아졌다.

가랑비에 옷 젖는다고 상우(유지태 분)와 은수는 어느새 사랑에 빠져 버렸지. 둘이 앉아 도란도란 이야기를 나누던 곳은 바로 2층 라디오 스튜디오 앞. 은수가 라디오를 진행했던 그 스튜디오에서 나 역시 라디오 프로를 진행했다. 매일 오전 11시면 〈노팅힐〉 OST에서 잘라 만든 시그널 송이 나가고, 〈조수빈의 FM음악여행〉이 시작됐다. 영화에선 그나마 크게 나왔지 실제로 보면 정말 작은 공간이다.

강릉 KBS는 을지국이라고, 춘천총국의 분점 개념이라 이래저래 아기자기한 규모다. 라디오 PD도 따로 없었다. DJ인 은수처럼 나도 방송을 직접 만들었다. 아! 작가 현숙이가 같이 했었지. 그래도 직접 선곡도 하고 방송할 때 CD도 직접 걸고, 기계로 방송 편집하는 법도 배웠다. 요즘 유튜브 편집과 비교하면 너무 쉬운 작업이지만. 어

떤 코너를 짤까, 매일 고민도 하고 직접 원고를 쓸 때도 많았다. 그
나마 라디오 진행과 제작은 객지 생활의 외로움을 버티게 해주었다.

적응을 잘하진 못했다. 지금 나보고 강릉 가서 살다 오라 하면
'육아 해방, 살림 해방 만세!'를 부르며 잘 놀다 올 텐데! 그땐 멘탈
이 나가 있었다.

근무지도 모른 채 발령받아 집도 미리 마련하지 못했다. 첫날은
엄마와 깨끗한 숙소를 임시로 알아봐 잠을 청하고, 그다음 날 전세
를 구하러 다니기 시작했다. 서울에서 여자 아나운서가 온 게 몇 년
만이라 관사 같은 건 따로 없었다. 신기하게도 강원도는 이사 철이
정해져 있는데, 내가 갔을 때는 이미 그 시기가 지나버렸다. 강릉은
아는 사람끼리 집을 구하고 구해주는 문화라 부동산도 찾을 수 없
어 물어물어 교동 상가주택 2층 방을 얻었다. 신축한 지 얼마 안 된
터라, 이사 철이 아님에도 딱 하나 나와 있는 셋집이었다.

동네 가구대리점을 찾고 띄엄띄엄 혼자 살 집에 넣던 둘째 날은
2005년 4월 4일, 그 엄청난 양양 낙산사 산불이 나던 날이다. 서울
에서 놀러온 사람도 기자라면 곧바로 중계차로 뛰어갈 상황. 서울에
서 왔다고 인사는 해야 하니까 사무실에 들렀는데 모두가 산불 취
재하러 나가거나, 뉴스 중이었다.

저녁 7시 5분짜리 뉴스를 고정으로 배당받았던 셋째 날. 분장사
가 따로 없어 서투른 화장을 하고, 아나운서 된 기념으로 장만한 붉

은 정장을 입고, 아주 작은 스튜디오에서 첫 뉴스를 마치고 돌아오는 길이었다. 어렵게 마련한 전세방을 정리하며 기다리던 엄마가 "우리 딸 첫 방송 축하한다"고 문자를 보내준 게 기억난다. 이제 엄마도 서울로 가고, 아는 사람도 없는 곳에서 홀로 먹고 자야 한다는 생각에 나는 걱정이 앞섰다.

급하게 얻은 집은 여자 혼자 살기엔 너무 휑했다. 밤이면 혼자 잠드는 게 무서워 자물쇠를 몇 번이나 확인했다. 처음엔 야심차게 밥을 해본 적도 있지만, 입이 하나라 다 먹기도 전에 상해버렸다. 냉장고 안에서 음식이 상할 수도 있고 밥솥 안에 곰팡이가 필 수 있다는 걸 처음 알고는 곧 혼자 밥해 먹는 걸 포기했다. 적응력 빵점, 생활력 빵점. 그냥 부모님 간섭 없는 자유를 만끽한다 생각하면 되었으련만, 나는 나 스스로에게 실망하며 조금씩 더 우울해했다.

선배들은 잘 대해주었다. 발음이 엉망진창인 나를 앉혀놓고 뉴스도 알려주고 현지 생활 팁도 많이들 알려주었다. 지금 생각하면, 아직도 대학생 마인드를 떨치지 못하고 징징대느라 서툰 점이 많았는데도 혼 한번 안 낸 선배들, 그저 감사할 따름이다. 그럼에도 불구하고 라디오뉴스 하나 제대로 하지 못했다. 자꾸만 더듬고 시간도 제대로 못 맞췄다. 한참 뉴스를 읽고 있는데 그냥 다음 프로그램으로 넘어가 버린 일도 있다. 라디오 진행하다가도 말실수, CD 트랙 잘못 설정해 실수, 잘못 편집한 파일 내보내 또 실수. 그때 모습을 생각하면 내가 어떻게 이 나이까지 방송으로 먹고사는지 미스터리다. 도전 첫해, 한방에 붙었기 때문에 방송만 시작하면 내가 짱 먹을 줄 착각하고 있던 터라, 실수상습범이 되면서 심하게 기가 죽었다. 난 바보인가? 머리만 콩콩 쥐어박았다. 뭐하나 똑소리 나게 챙기는 게 없는 내가 싫어, '억새'처럼 '억수로' 흔들리기만 하는 나날이었다.

다른 사회 초년생들도 나만큼 어설플까? 나 혼자만 좌충우돌하는 걸까? 취직이 소원이라는 후배들 보면 내가 배부른 소리 했구나, 반성도 하지만 그땐 그랬다. 사람들은 흔히 10대를 사춘기라고 얘기하는데, 내 10대는 공부만 하느라 사춘기 방황이 '1'도 없었다. 진짜 말 잘 듣는 범생이었다. 오히려 내 사춘기는 10대가 아니라, 스물넷, 강릉에서였다.

실망과 자책은 짜증이 되었다. 빨리 가족이 있고 친구가 있는 서울집으로 돌아가고 싶다!

그런 내게 한 선배는 이렇게 말했다.
"강릉에 있는 시간을 즐겨라. 나중에 돌아가고 싶어도 못 돌아간다."

스물넷의 나는, 절대 그럴 리가 없다고 딱 잘라 버렸다.

시간은 더디게 갔다. 그래도 한 해를 버텼던 덕분일까. 외지인이 북적대는 관광지를 쏙 피해 어딜 가며 조용히 있을 수 있는지, 어느 바다 어느 냇가가 예쁜지, 숨은 명소들을 찾아낼 정도는 됐다. 지금은 서울 사람들에게도 잘 알려진 〈커피공장 테라로사〉, 카페가 확장 공사했다니 나무에 매달아 둔 소원 쪽지는 사라졌을 테지.

파도가 내 눈앞에서 몰아치던 카페 〈엘빈〉 창가 소파 자리가 눈에 선하다. 아침이 가장 아름답던 바다, 동해. 그 파아란 바다 위 빨간 등대, 양미리란 생선이 존재한다는 걸 알게 됐던 주문진 항구. 처음 먹어봤던 시장통 돼지머리 국밥이며 감기 걸린 날 먹었던 매콤한 아귀찜….

답답할 때면 안목 앞바다로 달려가 하얗게 부서지는 파도를 멍하니 바라보곤 했다. 떠나온 서울을 그리워하면서도, 어느 순간 낯선 강릉에 의지하기 시작했다.

강릉 생활의 시작을 알리던, 대관령 고갯길은 또 어떤가. 강릉에 가자마자 차 없이는 다닐 수 없어 바로 운전면허학원을 등록했다. 도무지 알아듣기 힘든 엄청 센 사투리를 쏟아내는 선생님과 함께 대관령 길에서 도로주행 연습을 했다. 처음 넘을 땐 눈물고개였지만, 면허를 따게 해줬으니 고마운 고개가 된 셈이다. 평일 오전이면 대관령에는 차 한 대 구경하기 어려웠다. 속도가 무서워 놀이기구도 절대 안 타는 나였지만, 당황하지 않고 차분하게 페달 밟고 핸들 돌리며 면허를 딸 수 있었다!

시간은, 힘든 시절도 아름답게 기억하게 만드는 마력이 있는 것일까? 〈봄날은 간다〉 남녀가 라디오에 담을 '소리'를 찾아 헤매다 가까워졌듯, 나 역시 라디오 〈FM음악여행〉을 통해 소중한 추억을 많이 만들었다. 얼굴 한번 못 본 청취자들이 내 목소리를 따로 파일로 만들어 선물해 주기도 했다. 나도 고민 덩어리인데 내가 뭐라고, 사람들은 내게 손편지를 보내고 고민을 상담했다. 내가 뭐라고….

영원히 안 올 것 같았던 강릉에서의 마지막 날은 불현듯 찾아왔다. 이제야 익숙해진 것 같은데 이별은 참 순식간이었다. 발령받은 날처럼 다시 이삿짐을 작은 차에 욱여넣었다. 빨리 서울로 올라가야 내일 본사로 출근할 수 있다, 안녕히들 계세요 저는 갑니다, 점심 송별회와 짧은 인사를 마치고, 야호! 드디어 나는 차에 올랐다.

참 이상하다. 언제 1년이 다 가나, 목줄 빼며 기다렸던 날이다. 엄마 아빠 동생이 있는 집으로 가는 좋은 날이다. 이제 지긋지긋한 자취방 생활도 빠이빠이다. 그런데 난, 왜 이러지? 대관령 꼬부랑 고개를 넘으면서 또 한 번 왈칵 눈물을 쏟았다.

"사랑이…. 변하니?"

울면서 매달리던 상우를 모질게 내치던 은수, 그녀는 몰랐을 것이다. 시간이 흐르고 나면 가끔은 미친 듯 그가 보고 싶어질 거라는 걸.

오전 열한 시, 89.1에 주파수를 맞추면 여전히 라디오에서 내 목소리가 나올 것 같다. 자그맣던 사무실도, 스튜디오도, 내가 의지했던 강원도의 풍광도, 내가 만들었던 추억도, 지독했던 외로움도 왠지 그 공간 속에선 멈춰 있을 것 같다. 내가 사라진 그 자리에 변함없이 강릉은 있을 테지만, 그 안에 많은 것들은 달라져 있을 텐데. "사랑이…. 변하니?"라는 상우의 물음처럼, 내가 사랑했던 것들이 또 변해 있을까 봐 나는 그 후로도 오랫동안 강릉을 다시 찾지 못했다.

가끔은…. 강릉의 이영애로 돌아가고 싶다.

덧.
아이 둘을 낳고 가족여행을 가던 길에 일부러 강릉을 들러 보았습니다. 방송국 건물은 보지 못하고 경포호 주변만 가보았는데 너무 달라져 깜짝 놀랐어요. 제가 있을 때만 해도 시골 분위기가 남아있었는데, 평창 올림픽 덕에 멋진 건물이 많이 생겼습니다. 월급날 큰 맘 먹고 커피 마시러 가던 경포현대호텔도 화려한 씨마크호텔로 바뀌었습니다. 생각해보니 그때 강릉에 있던 선배들도 거의 본사로 온

지 한참 되었습니다. 나만 변한 줄 알았는데, 강릉도 많이 변했습니다. 10년이 흘렀으니까요. 안 변할 줄 알았던 산 바다 풍경도 많이 바뀌었습니다. 영원한 것은 아무것도 없나 봅니다.

나의 꿈, 라디오스타

왕년의 스타, 최곤(박중훈 분)과 그가 유명하든 유명하지 않든 꿋꿋이 자리를 지켰던 매니저 박민수(안성기 분). 두 사람의 우정은 정말 아름답다. '의리'를 운운하던 친구가 '배신'을 때리고 '영원'을 약속하던 부부도 '파경'을 선언하는 고독의 시대, 이렇게 진득한 우정이 있다는 것 자체가 놀랍다. 아마 많은 사람들이 〈라디오스타〉를 보고 감동을 받은 포인트가 이 부분 아니었을까. 내게도 이런 친구, 이런 동반자가 있었으면 좋겠다! 하는.

내가 눈물을 흘렸던 이유는 좀 달랐다. 영화의 무대가 된 방송국은 영월 KBS다. 지금은 송신소의 역할만 하고 있으며 실제 방송을 제작하진 않는다. 앞서 〈강릉의 이영애〉 편에서 언급했지만 내 첫 근무지는 강원도 강릉이었다. 영화 속 영월 KBS와 내가 근무한 강릉 KBS. 두 곳 다 강원도인 데다 건물 분위기까지 비슷해서인지,

2005년으로 돌아간 것만 같았다. 〈라디오스타〉 속 최곤이 2005년 내 모습인 것 같은 착각에 빠졌다.

내가 진행했던 프로그램 타이틀은 〈FM음악여행〉이었다. 아는 사람 하나 없는 타지에서 지독한 외로움을 경험했던 1년, 아마 라디오가 없었다면 더더욱 고독했으리라.

엄청나게 많은 사람들이 듣고 사연을 보내는 중앙 방송과는 달리 지방 방송은 어제 사연 보낸 사람이 오늘 보내고 내일 보내고 이런 식이다. 라디오라는 매체가 TV보다 훨씬 감성적이라는 점을 생각해 보면, 오히려 지방에서 라디오를 진행할 때 더 라디오의 진가를 느낄 수 있다. 왜, 영화 속 최곤은 동네 이장이라도 된 것마냥 주민들의 대소사를 쭉 꿰고 있지 않은가? 나 역시 그랬다. 청취자의 생활을 쭉 꿰고 있었다.

저번에 이사를 간다고 했는데 지금쯤 어느 정도 정리가 됐는지, 헤어졌던 남자친구를 이젠 정리했는지, 아팠던 아이가 지금은 괜찮은지…. 도서관에서 공부하다가 오전 11시에만 라디오를 들으며 땡땡이친다는 분, 아! 첫 번째 전화 연결 주인공의 아이디는 '절대미남'이었던 게 기억난다. 택배 아르바이트를 하는 분이었다. 집주인이 방값을 돌려주지 않아 고민이라는 분도 있었다.

한번은 이런 일도 있었다. 아침 출근길에 택시를 탔다. 내가 살았던 교동과 방송국은 4천 원 정도 나오는 거리였다. 잠에서 막 깼을 때라 화장도 안 했고, KBS 강릉 뉴스를 진행한다곤 하지만 저녁 7시에 딱 5분 나오는 게 전부여서 아나운서였지만 강릉 주민들 아무도 알아보지 못하던 나였다. 그런데 갑자기 택시 기사님이 알아보시는 게 아닌가?

"조수빈 아나운서죠?"

순간 내 꼴이 좀 부끄러워 "아니오"라고 대답해 버렸다. 그런데 그분은 내 얼굴이 아니라, 목소리를 듣고 알아본 것이었다. 더 이상 아니라고 발뺌할 수 없는 상황이었다.

"나, 수빈 씨 라디오 너무 재미있어서 매일 들어요. 나중에 서울로 가면 정말 멋진 진행자가 될 거 같아요."

이런 예언도 해주셨는데…. 하하. 뭔가 범상치 않은 기사님이다 싶더니, 음악을 좋아해서 다음 달에 해외로 유학을 간다고 했다. 그로부터 벌써 17년이 지났는데, 지금은 어떻게 지내시는지, TV에 나오는 내가 그때 택시를 탔던 라디오 진행자였음을 기억하실지 궁금하다.

서울에 돌아오고서야 깨달은 것이지만 강원도에선 시간이 참

느릿느릿 갔다. 어쩌면 내가 아는 사람이 별로 없고 할 일도 별로 없었기 때문일 수도 있다. 강릉 KBS는 부산이나 창원 KBS처럼 총국이 아니고 '을지국' 개념이다. 그 때문에 자체 제작하는 프로그램이 별로 없었다. 〈누가 누가 잘하나〉라는 어린이 프로그램이 있긴 했지만, 프리랜서 MC가 사회자였다. 입사하고 처음에 맡았던 방송은 〈7시 뉴스 네트워크〉였는데, 딱 5분이었다. 막 입사해서 가리지 않고 방송을 하겠다는 열의가 불탔던 때였으니, 좀 지루할 법도 했다.

처음엔 왜 서울에서 아나운서 발령까지 받아놓고 이렇게 일을 안 시킬까? 의아했던 적도 있다. 그런데 지금 생각해 보니 조금은 이유를 알 것 같다. 나는 수년 만에 처음 내려온 여자 아나운서였다. 그리고 1년 뒤면 서울로 올라갈 것이다. 그땐 또 새 아나운서가 내려온다는 보장이 없다. 제작자 입장에선 자꾸 MC를 바꾸는 게, 특히 서울에서 왔다고 무조건 MC를 시켜주는 게 마뜩찮았을 수도 있겠다. 물론 내가 지금은 수신료를 '내는' 입장이라 신입사원이 할 일 '없는' 상황이 말이 되나 싶긴 하다만.

시간은 많고, 뭘 해야 할지는 도통 모르겠고…, 급기야 나는 지독한 향수병에 걸렸다. 여름을 기점으로 심한 감기에 걸렸는데 낫질 않았다. 그러다 총국인 춘천 KBS에서 강릉에 보낸 신입 아나운서가 별로 보이지 않는다며 총국으로 보내는 게 어떻겠냐는 이야기가 나왔다. 당시 춘천엔 내 동기인 윤수영 아나운서가 있었는데 자체 제작하는 프로그램이 많아 몸을 쪼개도 모자라는 상황이었다. 하지만 그렇게 되면 강릉에선 다시 아나운서 지원을 받기 어려울 것이다.

그런 상황에서 가을쯤 내게 하나 더 생긴 프로그램이 바로 〈FM 음악여행〉이었다. 원래는 선배 아나운서가 진행했는데, 선배가 오후 재즈 프로로 자리를 옮기고 내가 DJ가 된 것이다.

사실 난 입사할 때까지 뉴스 앵커만 생각했지, 라디오 DJ로서 내 모습을 단 한 번도 상상해 본 적이 없다. 일단 목소리가 별로 예쁘지 않았고, 조곤조곤 말하는 게 어색할 것만 같았기 때문이다. 그러나 시간이 느리게 가다 못해 안 가는 느낌이 들 때 내가 주어진 이 프로그램은 하나의 미션! 같았다. 5분짜리 뉴스 말고도 할 일이 더 생겼다는 것에 감복했다. PD가 없었기에 내가 해보고 싶은 시도는 다 해볼 수 있는 것도 매력이었다. 매일같이 큐시트를 작성하며 음악은 어떤 걸 틀까? 어떤 코너를 만들까? 세상 태어나서 그렇게 몰두한 적은 없었던 듯하다.

원래 뉴스 앵커를 꿈꿨기 때문에 그전까지는 라디오 프로그램을 제대로 들어본 적이 없었다. 10대일 때 MBC 〈별이 빛나는 밤에〉가 폭발적인 인기를 누렸지만 한 번도 들어본 적 없다. (부끄러운 고백이다) 그런데 강릉에서 라디오를 맡게 되면서 나는 온갖 라디오 프로그램을 섭렵했다. 지상파 방송의 잘 나가는 프로뿐 아니라, 지방 방송, 국군 방송까지, 고3 수험생이 된 것마냥 독파했다! 어딜 가나 라디오에 귀를 기울였다. 이럴까 저럴까 상상해 보고 고민해 보고 시도하던 즐거움. 외로웠고 열정도 있었고 제작도 직접 해볼 수 있었기에 가능했다. 누가 시키지 않는데도 푹 빠져 연구하고, 청취자들과 소통하던 초년병 시절이 아련하고 그립기까지 하다.

그때 나를 도와주던 작가 현숙 씨는 서울로 올라와 아기엄마가 됐다. 음악을 잘못 틀고 말실수하는 게 다반사였는데, 부조 앞에 앉아서 늘 지긋이 웃어주던 엔지니어 이창수 감독님은 잘 계실까 궁금하다. 무뚝뚝했지만 가끔 라디오를 듣고 한마디씩 해주시던 속 깊은 이상익 부장님도 나중에 본사에서 뵀을 때 정말 반가웠다. 전화로 연결하는 코너에 출연했던 게스트들은 잘 지낼까? 최곤에게 매니저 민수가 있었던 것처럼, 그땐 실수해도 호통치기보단 감싸주시던 선배들이 있어 행복했다.

거대한 시스템으로 돌아가는 서울 방송국. 아마 내가 처음부터 서울에서 방송을 했다면 느낄 수 없었을 감수성을, 강릉에서 DJ를 하며 채울 수 있었다. 라디오라는 게 목소리보다 마음으로 통하는 게 더 중요한 것임을 깨닫고, 부족한 진행실력이었지만 청취자들의 사연에 귀를 기울이고 진심으로 공감해주려고 노력했다.

거친 최곤이 마이크 앞에서만큼은 인간미를 발휘하는 영화 속 이야기는 억지 설정이 아니다. 라디오를, 특히 그렇게 소수의 마니아들과 함께 하는 프로를 진행하다 보면 DJ까지 마음에 치유를 받게 된다.

강릉을 떠나며 마지막 방송을 하던 날, 난 울었다. 언젠간 라디오로 꼭 돌아오겠다고 다짐했다. 오랜 바람 때문이었을까? 9시 뉴스를 맡게 된 3년 뒤, 89.1MHz 〈상쾌한 아침〉 진행도 맡게 됐다. 시간은 새벽 5시였다. 홍진경 씨나 황정민 선배 같은 인기 DJ들의 대타를 수차례 거친 뒤의 결실이었다. 당시 인터넷이며 신문이며 내가 9시 뉴스 앵커가 된 것을 기사로 다뤘지만, 난 사실 첫사랑 같은 DJ를 맡게 된 것도 그 못지않게 기뻤다. 라디오는 유명세나 황금 시간대와 상관없이 그 자리에 있다는 것만으로도 진행자를 행복하게 하고 치유하는 매체라는 걸 이미 경험했기 때문이다.

다시 강릉으로 돌아간 것마냥 1년 정도 〈상쾌한 아침〉을 진행했다. 강릉 청취자들까지 따라오셔서 성원을 보내주셨지만, 아쉽게도 1년 뒤 마이크를 놓을 수밖에 없는 상황이 됐다. 9시 뉴스와 병행하는 너무 힘든 스케줄 때문에 극심한 디스크가 온 것이다. 한 시간, 아니 10분도 자리에 앉아있기가 어려웠다. 방송도 중요하지만 지금 건강을 챙기지 않으면 큰일이 오겠구나, 하는 위기감까지 들었다. 하지만 역시나, 마지막 방송을 했을 때 그런 내 결정을 후회하고 말았다.

청취자 김미숙 씨. 지금은 건강이 회복되셨을까? 마지막 방송 때 편지를 보내셨다. '수술을 받고 투병 중인데 새벽 5시, 통증이 올 때마다 수빈 씨의 목소리를 들으며 이겨냈어요. 너무나 섭섭하네요…'라는 내용이었다. 너무나 드라마틱한 사연이라, 혹시 상품을

타기 위해 지어낸 것은 아닐까 의심하며 방송이 끝나자마자 전화를 걸어 보았다. 그런데 그분, 내 목소리를 듣자마자 울음을 터뜨리시는 게 아닌가…. 정말 고마웠다고, 자기가 아픔을 견딜 수 있도록 도와줘서 고마웠다고….

"저는 수빈 씨가 뉴스를 할 때보다 라디오 할 때가 훨씬 좋았어요. 몸이 아프시다니 어쩔 수 없지만, 다시 라디오를 맡아 주셨으면 좋겠어요."

휴대전화를 든 채 나도 엉엉엉 어린아이처럼 울고 말았다. 그렇게 라디오를 사랑했으면서 몸이 아프다고, 9시 뉴스를 당장 그만둘 순 없으니까 마이크를 놓은 나에 대한 반성이었다. 이렇게 내 목소리를 들으며 힘을 얻으시는 분이 있었는데 난 너무 무책임했구나, 심지어 강릉에서부터 그렇게 라디오를 하고 싶어 했으면서…. 강릉에서 마지막 방송을 할 때보다 훨씬 더 몇 시간을 그대로 복도에서 울어버렸다.

그 후로 또 십 년 넘게 흘렀다. 혹시 아나운서 조수빈을 아는 분이 있다면 뉴스 앵커의 이미지가 강할 것이고, DJ로서의 모습은 잘 모르실 것이다. 그때 DJ를 그만둔 것을 난 지금도 후회하고 있다. 어쩌면 아직도 앵커로 살고 있는 지금, 다시 FM DJ를 맡는다는 게 참 힘들 거라는 예감을 어쩌지 못해, 비겁자가 된 느낌이 들기 때문이다. 잠시 멜론이라는 뉴 미디어에서 〈뮤직 다이어리〉라는 프로그램을 프로젝트 성으로 맡긴 했는데 오래 하지 못해 많이 아쉽다. 생방송이 아니라 청취자와 실시간으로 소통할 수 없었던 것도 아쉽다.

내가 얼마나 라디오를, 청취자를 사랑했는지 제대로 고백한 적이 없어 더욱 죄송스럽다. 라디오는 세상 화젯거리를 가볍게 떠들고 마는 순간이 아니라, 정말 내 사람을 만나는 과정이었다. 요새는 유명인이 나오는 시끌벅적한 오디오 매체가 늘었다. 내가 강릉과 서울에서 경험했던 두 음악 프로그램은 황금 시간대거나 연예인들이 마구 출연하는 라디오는 아니었다. 하지만 그것이 바로 내겐 행운이었다고 생각한다. 일회용 휴지처럼 소비되는 방송이 난무하는 시대에, 나는 진정한 아날로그 DJ를 경험해 봤다고 생각한다. 비록 오래 하지 못해 아쉬움이 남지만, 방송 생활 중에 그런 경험을 했던 것에 대해 진심으로 감사하다고 말하고 싶다.

언젠가 운이 좋아 라디오 마이크 앞에 앉을 기회가 올까? 그때도 내가 좋아하는 이 음악을 여러분도 좋아했으면 좋겠다고 말하며 설레는 마음으로 볼륨을 높일까? 그때도 아직 순수함이 남아서 청취자의 사연을 읽고 하루 종일 눈물 훔칠 수 있을까? 언젠가 다시 라디오 부조에 앉을 행운이 온다면 떨림을 간직한, 소박한 나로 돌아가 작은 이야기에도 귀 기울여 주고 싶다. 강릉에서 첫 데뷔를 할 때 작은 라디오 스타였던 것처럼….

언젠간 돌아갈 수 있겠지? 그때 그 마음으로.

누구나 흑역사는 있다

아직도 나는 똑똑히 기억한다. MBC 이정민 선배를 처음 봤을 때 느꼈던 충격과 공포를!

2002년, 스물두 살의 어느 날이었다. 남몰래 키워왔던 아나운서란 꿈을 본격적으로 준비해보자고 결심했다. 여기저기 검색해보다 한 사설 아카데미에서 상담을 받아보기로 했다. 꿈을 향한 첫발을 내딛는 기분. 왠지 정말 아나운서처럼 보여야 할 것만 같았다. 제일 먼저 동네 미용실로 달려가 머리를 잘랐다.

갓 잘라 길들지 않은 단발머리, 화장이라기엔 낙서 같은 어색한 얼굴, 상상이 가는가? 멋 내는 게 익숙지 않은 사람이 멋을 내면 더 이상하고 촌스러워진다. 안경을 벗고 렌즈를 꼈다. 하드 렌즈는 눈을 잘못 깜빡이면 튀어나올 것 같았다. 거울 속 낯선 내 모습이 영 이상했다. 우스꽝스럽기까지 했다.

누가 '나이가 깡패'라고 했나. 나이가 어리면 그 생기발랄함만으로도 충분히 예쁘지만 당사자는 그걸 모른다. 나이가 아니라 '자신감이 깡패'다. 하지만 한껏 차린 모습이 내게도 맘에 안 드니 자신감이 들 턱이 있나. 애써 '당당하게 상담받자'라고 다짐했지만, 지하철 타고 가는 내내 위축되는 느낌이었다. 사실 이건 시험을 보는 것도 아니고 그저 학원 상담일 뿐인데, 누군가한테 가능성을 검증받는다는 것 자체가 부담되는 시절이었나 보다. 서울 구경 처음 온 사람처럼 내가 제일 촌스러운 느낌! 아, 차라리 평소 하던 대로 하고 갈 걸 그랬나, 싶었다.

긴장된 채 아카데미 문을 열었을 때 웬 훤칠한 미인이 앉아있었다. 알고 보니 당시에 MBC에 합격해 감사 인사를 온 분이라고 한다. 이정민 아나운서?

"같은 대학 선배니까 만난 김에 궁금한 거 많이 물어봐요." 선생님께서 즉석에서 자리를 만들어 주셨다. 하지만 우물쭈물 주눅이 들어 무슨 질문을 했는지도 기억이 안 난다.

세상 태어나 그렇게 늘씬한(?) 사람을 본 건 처음이었다. 선배는 지금도 그렇지만 당시 시험에 막 붙어서인지 표정이 환했고 자신감에 차 있었다. 이제 막 꿈에 다가서기 위해 문을 두드리는 나와는 카리스마가 비교할 수 없었다. 딱 달라붙는 검정 레깅스(그렇게 긴 다리를 소화할 수 있는 레깅스가 있다니!)와 스웨터를 툭 걸쳤을 뿐인데 어찌나 세련됐던지!

요즘이야 아나운서들의 헤어스타일이나 패션이 매우 다양해졌지만, 그땐 아니었다. 일명 '헬멧머리'라는 짧고 단정한 머리에 부티크 의상부터 떠올리던 시절이다. 그래서 나도 아나운서를 준비하자마자 머리부터 자른 것이다. 그런 내게, 처음 만난 아나운서의 심플하고 세련된 패션은 충격으로 도가니탕을 끓이고도 남을 일이었다.

'나이가 깡패'라는 말을 '자신감이 깡패'라고 고쳤지만 '패션의 완성은 얼굴'이란 말도 고치고 싶다. '패션의 완성은 자신감'이라고. 자신감으로 반짝반짝 빛나던 이정민 선배의 눈빛과 미소는 단순한 스웨터와 레깅스도 명품처럼 빛나 보이게 했다. 촌티가 잘잘 흘렀을 게 분명한 쭈뼛쭈뼛 지망생의 질문에도 성심성의껏 답해주는 배려심까지! 지금 생각해 보면 그렇게 묻는 사람이 한둘이었으랴. 꽤 귀찮았을 법도 한데, 감사한 일이다. 'Manner Makes Man', '매너가 신사를 만든다'더니 그날 본 선배의 눈빛과 태도는 단연 톱클래스였다.

이정민 선배와의 만남. 그날은 내가 아나운서에 도전하는 첫날이었다. 20년 가까이 지난 지금도 선명하게 기억나는 날이다. 지하철을 타고 집으로 돌아오는 길은 왜 그리 멀기만 한지. 뭔가 초라해 보이는 내 모습에 나는 슬퍼졌다.

아무리 부정하려고 해도, 내가 꿈꾸는 직업에서 외적인 부분이

차지하는 비중은 가볍지 않다. '미모'가 아니라 '분위기' 말이다. 저렇게 늘씬하고 멋진 사람들, 딱 보기만 해도 압도적인 분위기가 풍기는 사람들만 하는 일 아닐까? 자문했다. 나는 정말 부족한 게 많다. 그저 TV에 나오는 모습에만 끌려 꿈이라고 착각한 건 아닐까. 게다가 아버지는 내가 아나운서 시험을 본다는 것도 탐탁지 않아 했다. 고시 공부 같은 걸 해서 전문직이 되길 바라셨으니까. 사실 공부는 앉아서 죽어라 하면 될 거 같긴 한데…. 갈등이 생겼다. 되지도 않을 내가 명함부터 들이미는 건 아닌지, 아무리 노력해도 안 된다면 어떡해야 할지…. 걱정이 꼬리에 꼬리를 물었다.

비통했던 내 심경을 지금 밝히면, 사람들이 놀랄지도 모르겠다. 어쨌든 난 아나운서가 되었고, 20년 가까이 아나운서로 일을 하고 있기 때문이다. 하지만 어느 누구도 100퍼센트 꿈이 이뤄진다는 보장을 받고 시작진 않는다. 나 역시 과연 시험에나 붙을 수 있을지, 남들과 똑같이 불안한 지망생일 뿐이었다.

잔뜩 기가 죽어 포기해 버릴까? 하지만 난 그날 일기장에 이렇게 적었다.

"선천적으로 타고나야만 가능한 꿈일지도 모르겠다. 나는 타고난 신체적 조건이 뛰어난 것도 아니고 미모도 카리스마도 없다. 하지만 포기하지 말자. 단 1년만 내게 허락됐다고 생각하자. 만약 1년 뒤에도 내가 시험에 붙지 못한다면 망설임 없이 포기하자. 대신 그 1년 동안은 정말 후회 없을 만큼 최선을 다하자."

목표를 설정하고 도전 기간을 한정해 놓는 건 사실 내가 어릴 때부터 하던 습관 같은 것이긴 하다. 무조건 될 때까지 한다는 강단 있는 사람들도 있지만, 난 무엇이 됐든 간에 스스로 정한 기간에 '후회 없이' 노력해보는 편이다. 살면서 무수히 치렀던 시험들, 대학입시, 취업, 업무 하다못해 사람과의 관계까지도…. 신기한 건 '죽도록' 노력해보면 포기할 때 미련도 남지 않는다.

20대는 도전해야만 하는 시기이다. 크고 작은 시도와 도전들이 과제처럼 끊임없이 주어진다. 그럴 때 자극이 될 만한 롤모델을 만나는 것은 매우 중요하다. 망망대해에 나침반도 없이 떠 있다면 얼마나 막막한가. 하지만 밤바다를 헤매고 있어도 어디선가 등대의 불빛이 보인다면 얘기가 달라진다. 그 빛을 보고 나아가는 자체만으로도 큰 의지가 될 것이다. 나와는 비교할 수 없을 만큼 커 보이는 존재를 만났던 경험이 나를 딴 곳에 눈 돌리지 않게 했고, 앞으로 나아가게 했다.

저렇게 대단한 사람들이 뛰어드는 분야인데 나는 얼마나 부족한지를 인정하고 노력도 게을리하지 않았다. 특히나 '단 1년의 도전'이라는 배수의 진을 친 게 나의 경우에는 주효했다. 매일 매일을 내 인생 마지막 날처럼 노력했으니까.

아나운서 아카데미도 남보다 일찍 가고 늦게 오며 연습을 한 번이라도 더 했다. 아마 똑같은 학원비를 내고도 내가 남들보다 3배 정도는 아카데미를 활용한 것 같다. 중·고등학교 다닐 때도 선행학습보다는 그날의 예습 복습을 철저히 하는 데 충실했는데, 방송국 시험이라고 해서 다를 것 같지는 않았다. 내가 무엇이 부족한지 끊임없이 선생님들에게 묻고 기록하고 개선하려 노력했다. 특히 대학 졸업반일 때 치아를 교정하고 있어 발음이 부정확한 게 스트레스였다. 그래서 더 연습을 많이 했다.

스터디 모임도 마찬가지였다. 그때는 졸업반이 돼야 모임에 끼워주는 분위기였는데, 아예 직접 인터넷으로 팀원을 모집해 스터디 모임을 꾸려갔다. 수업이나 스터디에 늦는 것은 방송에 늦는 것과 마찬가지, 프로답지 못하다고 생각해 지각도 절대 하지 않았다.

학생 신분이라 늘 정장을 입을 순 없었지만 가지고 있는 옷 가운데 카메라에서 가장 단정해 보일 수 있는 옷을 갖춰 입고 수업에 임했다. 가급적이면 티셔츠를 입더라도 카라 같은 것이 단정한 것, 또 색깔을 다양하게 해서 카메라에 비춰보며 나에게 가장 잘 어울리는 색을 찾아가는 데 집중했다.

멋진 선배에 좋은 충격을 받고 열심히 했던 나는 도전 첫해에 방송국에 입사했다. 물론 그때는 온전히 노력의 결실이라 생각했지만, 나보다 뛰어난 분들도 많았으니 운도 크게 작용했다고 본다. 하지만 꿈을 잡을 운을 최대한 좋게 만드는 것도 나 하기 나름이다.

이렇게 쓰고 보니 마치 내 흑역사가 여기서 끝난 것 같지만 방송국에 입사하고도 지금까지 흑역사는 계속 반복됐다. "보도국에서 너한테 과연 뉴스를 시킬까?"라는 선배의 말에 펑펑 운 적도 있다. 그래, 나는 원래 재능있는 사람은 아니기 때문이다. 입사하고도 남몰래 뉴스 연습을 열심히 했고, 앵커가 됐지만 또 그걸로 끝난 건 아니었다. 그 뒤로 무수한 프로그램을 진행하면서 늘 나보다 뛰어난 사람들을 보면 그때마다 솔직히 움찔 기가 죽는다. 강호의 고수가 한 명은 아니지 않은가? 꼭 방송이 아니더라도 인생 곳곳에서 멋지게 타고난 사람들을 매번 만난다. 물론 그 사람들에게도 내가 모르는 흑역사, 그리고 노력의 순간은 있었겠지만 말이다.

인생은 완결편이 아니라서 죽는 순간까지 흑역사는 사라지지 않겠지. 늘 뛰어난 사람들을 보면서 느끼는 긍정적인 자극이 지금의 나보다 더 멋진 나를 만들리라 믿는다.

미쳐버리고 싶다

아예 직업을 바꾼다면 어떨까? '진작' 바꿨다면 어땠을까?

가수가 재밌겠다. 뭐라고? 지금껏 해온 일이나 제대로 하라고?

발끈할 필요는 없다. 노래방에서야 3단 고음 빽빽 지르면 점수
는 꽤 나온다지만 무대에 설 목소리는 아니다. 좌중을 들었다 놨다
압도할 만한 끼도 없다. 이번 생애는 실현 불가능이다. 주제 파악,
충분히 하고 있다.

그래도 불교, 힌두교에서는 말한다지. 인간은 여러 번 윤회한다
고. 억겁을 살았다 죽었다 한다면 그 많은 삶 중에 한 번쯤은 '가수'
로 살아보고 싶다.

처음 그런 생각을 했던 게 벌써 15년 전이다. 아마 〈영화가 좋
다〉라는 프로그램에서 공동 MC로 성시경 씨를 만나지 않았다면, 한
번도 그런 생각 하지 않았을 것이다. 지금이야 '오빠'도 '아재'가 되

어가지만, 그때 '성식이 형(♨)'은 입대를 앞둔 20대 청년이었다. 군대 가기 전 마지막 콘서트에 방송팀을 초대해줬다. 연대 노천극장에서 진행된 콘서트. '오빠'를 군대에 보내는 아쉬운 팬들의 마음 때문일까? 비가 주룩주룩 내렸다. 우산도 안 갖고 온 우리. 심지어 오는 길엔 해가 쨍쨍했던 탓에 난 어울리지 않는 선글라스를 머리띠처럼 하고 있었다. 어떡하지, 에이 일단 보다가 너무 비가 많이 내리면 일찍 가야 하나, 망설이고 있는데…,

깜짝 놀랐다!

노천극장을 꽉 채운 사람들이 비를 온몸으로 맞으며 촛불까지 든 채 노래를 따라 부른다! 이건 무슨 영화의 한 장면이람? 무대 위에 선 사람은 딱 한 사람인데, 수많은 사람이 그 한 사람의 목소리에 귀를 고정하고, 함께 따라 부르고 — 음반 맨 끄트머리에 있는 곡까지 가사를 다 외우는 건 기본 — 세찬 비보다 더 펑펑, 눈물을 흘린다.

콘서트를 간 게 처음도 아니었지만, 야외에서 비가 내려서였을까? 스마트폰이 나오기 전 시절이라, 영상을 못 찍어둔 게 한이 된다. 와, 목소리 하나만으로도 이런 감동을 줄 수 있구나. 비도 오는데다 콜로세움 같은 구조인 노천극장은 층층이 얼마나 넓고 높은지, 관객석에선 가수의 얼굴조차 제대로 보이지 않는다. 그런데 목소리

하나만으로 그 많은 사람이 마법에 걸린 모습이다. 함께 프로그램 녹화를 할 땐 그저 깔끔한 진행자 같았는데, 무대 위 가수 성시경의 모습은 마법사 같았다. 노래 잘하는 거야 워낙에 알고 있었지만, 홀린 듯한 관객 속에 있는 건 완전히 새로운 기분이었다.

아, 난 한 사람에게라도 저런 감동을 준 적이 있었나?

문득 나도 무대를 누비고 싶어졌다. 가수들이 부러웠다. 저주받은 내 음감만 아니라면! 댄스 가수는 어떠냐고? 나의 춤은 노래보다 더 지독하다.

노래는, 음악은 대체 무엇일까? 왜 사람을 열광하게 만들까? 가수는 노래에 미치고, 관객은 그런 가수에 꽂힌다. 열기에 가득한 콘서트를 직접 보고 나는 한동안 잠을 못 이뤘다. 나중에 내가 결혼하던 날, 고맙게도 성시경 씨는 직접 제주도 식장까지 와서 축가를 불러줬는데, 미처 묻지는 못했다. 입대 전 콘서트 날, 당신도 팬들만큼 감격스러웠느냐고. 난 그 공연 속에서 가수와 팬들이 함께 만든 장면에 숨이 멎을 뻔했는데 말이다.

물 한 방울 없는 사막에서도 선인장은 화려한 꽃을 피운다. 한 번이라도 무언가에 미쳐버린 청춘이라면, 나는 그 패기가 부럽다. 인생은 딱 한 번뿐이다.

그런데 보통은 미쳐버릴 틈도 없다. 일상에 매달리다 인생 끝난다. 공부에 매달리고, 취직에 매달리고, 취직해서는 어떤가. 너, 거기 그냥 가만히 있다가는 남들이 치고 올라가 버린다며 채찍질을 당한다. 인생의 도전은커녕 '평범'하게 하려 들려고만 해도 벼락거지 될 판이다. 20대에는 30대가 더 쉬워 보였고 40대가 되면 좀 쉴 수 있으려나 했는데, 왜 갈수록 더 매달려야 겨우겨우 유지되는 느낌일까? 어릴 땐 부모님 눈에, 어른 돼서는 남들 눈에 어긋나지 않게 살려다 꾸역꾸역 나이만 들고. 여유가 없으니, 뭔가가 좋아 미칠 엄두가 나지 않는 게 당연하다.

나는 뭔가에 미칠 기회를…. 찾았다고 '생각했다'. 20대에는 온통 어떤 직업을 갖는지만 관심사였고, 나는 아나운서란 직업에 미쳐 있었다. 한 십 년쯤 지나면 이렇게 세상이 바뀌어 버릴 줄도 모르고. 그 시절 언론고시는 엄청나게 경쟁률이 셌다. 로마제국도 망조가 들기 직전이 가장 화려했던 것처럼, 전성기 끝물이나마 지상파 방송국은 최고의 직장처럼 보였다. 재수는 기본, 삼수는 선택이었던 분야에서 그나마 내가 빠르게 방송국에 진입할 수 있었던 것은 미쳐 있었기 때문이다. 뭔가에 미쳐 있으면 작은 성공이라도 이룬다지. 눈 뜨고 잘 때까지 아나운서가 된 내 모습만 상상했다. 더 이상 최선을 다할 수 없을 만큼 연습했다. 노력의 강도만 생각한다면 지금 마흔이 된 내가 생각해 봐도 그 시절 나는 정말로 열심히 했다.

하지만 막상 아나운서가 됐을 때, 방송을 직접 몸으로 겪었을 때, 결국은 17년 만에 스스로 사표를 냈을 때, 취준생 시절 생각과 달랐던 점도 많았다. 먼저 'On Air'란 게 뭔가? 말 그대로 방송이란 공기 중에 흩어져 버리는 거 아닌가? 연예인이든 아나운서든 방송인이라면 화면에 나와 박수받는 내 모습만 상상한다. 하지만 10년 전 제일 잘 나가는 아나운서가 누구였는지 기억하는 사람들이 얼마나 될까? 예를 들어 내가 배우 심은하의 팬이었다면, 시간이 흘러도 옛 영상을 유튜브에서 검색하며 지금은 은퇴한 그녀의 젊은 시절을 다시 찾아볼지도 모른다. 하지만 10년 전 자신이 어떤 아나운서의 팬이었다 해도, 그 영상을 찾거나 간직하는 사람을 난 아직까진 보지 못했다. 게다가 나의 방송 경력이 길어질수록 방송 트렌드도 엄청나게 달라졌다. 유튜버나 인플루언서들이 빠르게 우리의 자리를 대체한 것이다. 특별히 관심을 갖지 않는다면 10년 전은커녕 지금 젊은 아나운서들도 누가 있는지 아는 사람, 아마 손가락에 꼽을 것이다.

20대에 그토록 선망했던 직업은 사실 방송이란 큰 판에서 작은 점에 불과했다. 소수의 특출한 방송인들은 그래도 존재감을 과시했지만, 대체로 그 작은 점들은 점점 더 작아졌고 급기야 그 판 자체가 바뀌어 버렸다. 이제는 6번, 7번, 9번, 11번 전통적인 방송을 보지 않아도 불편할 게 하나 없는 세상이 되고 말았으니.

가수는 어떤가. 똑같이 방송을 타는 직업이지만 음악이 남는다. 이 세상에 태어나 '작품'을 남기는 것이다. 마치 위대한 화가들이 세상을 떠나도, 그들의 작품이 시대를 초월하는 것처럼. 17년을 줄곧 한 직장을 다녔고 지금도 방송을 하고 있지만 난 무엇을 남겼나? 방송 출연이 뜸하면 근황이 궁금해지는 스타가 되길 욕심낸 적은 없었다. 난 그럴 만한 그릇은 못 된다. 하지만 때로 방송을 동경했음에도 불구하고 on Air, 모든 것이 공기 중에 날아가 버려 그토록 치열하게 젊은 날을 보낸 나 자신, 남은 게 없는 것 같아 허무한 감정이 드는 날도 있다.

벌써 오래전 기억이 되고 말았지만, 비 오던 날의 노천극장 콘서트는 내 인생에 신선한 느낌으로 남아있다. 그저 음악이 좋은 가수, 그런 가수가 좋은 관객들. 그렇게 미쳐버린 우리들. 어떤 노랫말처럼 '신도림역 앞에서 스트립쇼'를 할 정도는 아니더라도, 뭔가에 미쳐보고 싶고, 그 미침이 누군가에게 감동이 됐으면 했다.

꼭 전문방송인으로서가 아니라 한 인간으로서, 시간이 흘러도 손상되지 않은 나만의 헤리티지가 있길 바랐다. 어떻게 사는 것이 그렇게 사는 것이었나?

조금 더 나이는 들었을지언정 아직 내 마음은 청춘인가 보다. 여전히 가슴 안에선 미칠 무언가를 찾고 있는 기분이 드니까.

아, 욕심이 과했나 보다. 음반은 남길 수 없지만, 이런저런 공상을 하느라 흐트러진 마음부터 챙기고 오늘 내게 주어진 일부터 최선을 다해야겠지. 내 가족을 위해 소박한 밥상을 차리는 것부터, 아이들을 키우는 것부터 미쳐봐야겠지. 일단 오늘 내가 함께하는 사람, 단 한 사람에게라도 감동을 줘야겠지.

그때까지, 가수의 꿈…, 접어 둬야겠다.

당신이 보고 있기 때문에

방송이란 뭔가. 분명히 청운의 꿈을 안고 입사시험을 치르던 20대에는 방송은 특별한 사람들만 할 수 있는 일이었다. 방송국도 MBC, KBS 딱 두 개만 있을 때 어린 시절을 보냈고 92년에 SBS가 컬러 바를 띄우며 첫 방송 하던 걸 똑똑히 기억한다. 당시엔 온 가족이 둘러앉아 '선택받은' 연기자, 아나운서, 코미디언들만 나오는 프로그램을 '동시에' 시청했다. 그 선택받은 '소수'가 되어야 하니, 반드시 방송국 시험을 통과해야만 했다, 공부도 열심히 해야 하고 대학도 번듯한 곳은 가야 하고….

그 공고한 둑이 무너지기 시작한 게 이른바 '종편'의 출범이었다. 종편방송들이 일제히 첫 방송을 시작하던 날, 나는 9시 뉴스를 준비하며 슬쩍슬쩍 앵커실에 있는 자그마한 TV를 주시했다. 11번, 9번, 6번이 아닌 채널에서 뉴스를 하는 풍경이 낯설었다. 번갯불처럼 신문사 4곳 모두에 방송 권한을 줬다 하니, 스튜디오도 어설펐고 확실히 '아직 멀었네'라는 느낌을 지울 수 없었다. 훗날 내가 채널A에서 뉴스를 진행하게 되었을 때 물어봤더니 당사자들도 이렇게 다 개국할 줄은 몰랐다고 한다. 스튜디오 공사가 채 끝나지 않아 책상을 갖다 놓고 첫 방송 리허설을 했다는 것도 이젠 옛날 무용담이 되었다.

한번 둑이 무너지니 모든 것이 빨랐다. 출산과 복직을 반복하며 종편이 출범하고도 한참을 일용할 월급을 받으며 시키면 시키는 대로 방송을 이어갔다. 그새 종편을 넘어 유튜브나 OTT로 트렌드가 넘어가는 줄도 몰랐다. 나는, 우리는 '정통'을 중시하며 '수신료의 가치를 실현'한다는 자부심을 대중이 아닌 우리 안에서만 메아리처럼 주고받고 있었다.

상당한 제작비를 들여 TV로 송출하는 프로그램. 이것이 내겐 익숙한 시스템이다. 그냥 집에서 볼 때는 날로 먹는 것 같다. 시청자가 보기엔 아무리 긴 프로그램도 2시간을 넘지 않는다. 편성이 있기 때문이다. 예능 프로그램은 자기들끼리 좀 웃고 떠드는 것 같고, 뉴스는 1시간 동안 잘 아는 척하면 될 것도 같지, 또 화려한 조명과 무대는 주인공이나 메인 MC를 얼마나 빛나게 하는가. 세상 사람들 사는 게 힘들어도 TV 속 사람들은 늘 행복하고 멋있어 보인다. 그것이 어린 시절 내가 꿈꿨던 '방송'이었다. 그런데 그 일종의 '이너서클'에 안착하고 나니 허탈한 날도 많았다. 마음 터놓는 동료들도 간간이 그런 말을 했다. 방송은 사람을 행복하게도 허무하게도 한다고. 나를 소모하는 느낌. 언젠가 다 흘려보내야만 하는 모래시계 속 모래가 된 느낌이라고.

선택하는 자가 갑이고 선택받는 자가 을이라면, 진행자는 사내에서 을이다. 아 물론, 독보적인 진행자가 되면 다르겠지만. 그런 레거시 미디어(legacy media)에서도 라디오만은 좀 달랐다. DJ를 오래하지 못했지만 지금도 라디오가 그립다. 강릉에서 진행한 〈FM음악여행〉이나 KBS 본사에서 했던 새벽 5시 〈상쾌한 아침〉은 지역이나 시간 때문에 들은 분들이 많진 않다. 하지만 아무리 소수라도 외롭지 않았다. 문자로 편지로 꼬박꼬박 사연을 챙겨 올려주는 분들 덕에 마치 사랑하는 사람을 만난 기분이었다.

TV는 조금 다르다. 모래시계 속 모래가 된 기분일 때가 있다. 물론! 나는 방송을 사랑한다. 하지만 좀 솔직해져 볼까. 일에 파묻혀 정신없이 해대다 보면, 누군가 나를 보고 있다는 걸 잊을 때가 있다. 라디오와는 좀 다르니까. 시청자게시판이나 요새는 댓글 창이 있어도 아무래도 와닿는 느낌은 덜하다.

그래서 라디오보다 TV 진행자들이 자신을 혹독하게 다뤄야 한다고 생각한다. 누군가와 함께 있는 비중이 덜하다 보니 혼자 모니터링하고 계발하지 않으면 금방 매너리즘에 빠진다. 자기 방송만 모니터해도 안 된다. 요새야 뭐 스마트폰만 켜면 전 세계 영상을 다 볼 수 있으니…. 진행자도 시청자 입장에서 방송을 보는 게 중요하다. 문득 예전에 전현무 씨가 KBS 새내기 아나운서이던 시절 TV 여러 개를 동시에 본다고 했던 말이 떠오르네.

그렇게 노력해도 사람이 아니라 카메라를 보고 혼자 떠드는 느낌이 들 때가 솔직히 있다. 내가 인기 예능프로처럼 화제가 되는 프로그램과는 큰 인연이 없어서 그런가. 가끔은 그렇다. 고독하다. 영화 〈나는 전설이다〉에서 줄창 혼자 TV를 보던 남자주인공 네빌(윌 스미스 분)이 된 느낌이 든다.

얼마 전 이 영화, 〈나는 전설이다〉를 다시 보다 소름이 돋았다. 배경이 2012년인데 변종 바이러스가 창궐해서 인류가 멸종한 거다. 코로나 팬데믹을 예견한 건가. 영화와 비슷한 장면을 우리는 2020년에 이르러 보고야 말았다.

멋진 뉴요커들이 활보했을 화려한 뉴욕에 인기척이 없고, 빌딩 숲은 동물들이 뛰노는 초원이 됐다. 밤이 되면 어떤가. 바이러스에 감염된 사람들은 좀비가 됐다. 미친 듯 돌아다니는 좀비를 피해 네빌은 혼자 남았다. 곁에 사람은 없다. 셰퍼드 한 마리뿐.

지구에 혼자 남는다면 얼마나 외롭고 무서울까. 네빌은 끊임없이 혼잣말을 한다. 개에게도 마네킹에게도 말을 건다. 그래도 시간은 너무나 천천히 간다. 밤이 되면 좀비들을 피해 두려움에 떨며 잠을 청하고.

지독하게 고독한 세상에서도 아침은 찾아온다. 그러면 네빌은 언젠가 지구에 인간이 살던 시절, 녹화해둔 TV 뉴스 ─ 더 이상 'NEW'하지 않은 ─ 를 보고 또 본다.

상상해 봤다. 내가 생업으로 하는 방송을 아무도 보지 않는다면? 이 지구상에 시청자가 한 명도 없다면? 방송 세트장이, 카메라가, 조명이…, 흡사 거대한 괴물처럼 보일 것이다.

"내 이름은 로버트 네빌. 뉴욕의 유일한 생존자다. 누군가 이 방송을 듣고 있다면 연락 바란다. 당신은 혼자가 아니다…"

중국 우한에서 처음 정체불명의 역병이 돌 때를 기억하는가. 정말 이대로 다 끝나는 건가, 두려움이 가득했다. 중국 정부가 우한을 완벽하게 봉쇄했지만, 세상과 연결돼야 살 수 있는 인간의 생존 의지만은 막지 못했다. 당시 골방에 박혀 봉쇄된 우한의 실태를 1인 방송으로 고발했던 '우한 청년'처럼 말이다.

아직 좀비가 되지 않은 인간이 어디엔가 살아있을까. 네빌 역시 절박하게 혼자 방송을 송출한다. 누군가 들을 가능성이 매우 희박한 방송 ─ 우한 청년 역시 많은 영상들이 강제 삭제됐다 ─ 을 매일 하는 것, 아나운서인 내게 허락된 방송이 그것뿐이라면 참담할 것이다.

방송 트렌드는 빠르게 바뀌었다. 평생 다닐 줄 알았던 대형방송국을 그만두고 나는 종편을 거쳐 개인 유튜브 채널도 병행하게 됐다. 처음 아나운서를 지망했던 20대에는 상상도 못 했던 일이다. 시청률이 20%도 찍던 9시 뉴스를 진행하다가 종편으로 왔더니 수치적인 시청률은 그 시절과 비교가 안 된다. 이제는 10만 구독자를 목표로 달려가지만 낯선 공간인 유튜브에 《조수빈TV》를 열던 날, 구독자는 0명이었다. 항상 누군가 보고 있음이 확실했던 방송 환경에서 일하다, 아무도 보지 않을 수도 있는 환경에 적응하는 건 쉽지 않았다. 레거시 미디어에서 아나운서로 인정받았던 메인 뉴스 앵커 경력이 마치 멸종을 앞둔 공룡같이 느껴졌다면 적절할까. 특히 방송경력이 20년을 바라보지만 모래알처럼 크리에이터들이 많은 유튜브 세상에서, 나는 한 명의 지망생에 불과했다.

영화 속 네빌이 정말 생존자를 구출하기 위해서만 방송을 했을까. 봉쇄된 우한에 있던 청년이 꼭 사회적 소명으로만 방송을 했을까. 다른 목적도 있었을 것이다. 이 넓은 세상에 정말로 혼자뿐이라면 미칠 것 같아서. 그토록 끈질기게 누구 한 명이라도 듣길 바라며 방송을 내보낸 것이 아닐까. 누군가 내 목소리를 듣는다면 살 수 있을 거란 본능으로.

"발표를 잘하니까 아나운서를 하면 어떨까?"

고3 담임선생님의 한마디가 진로를 결정했다. 그 한마디에 집중해 본 9시 뉴스 앵커가 너무 멋져 보였다. 에이 저렇게 예쁘고 잘난 사람이 하는 걸 내가 어떻게…. 선택된 소수만 할 수 있었던 직업이라 생각했기에, 대학 졸업반까지 자신 있게 내 꿈이 뭐다, 말하지 못했다.

꿈처럼 입사했지만 자괴감도 많이 들었다. 어색한 TV 속 내 모습에 손발이 오그라들었다. 젊은 나이에 남들이 부러워하는 자리에 있다 보니 시샘도 오해도 많이 받았다. '침묵이 약'이라고 꾹꾹 참았지만, 장이 상습적으로 꼬였다.

그런데 어쩌다 보니 20년 가까이 방송을 하고 있다. 왜 그렇게 힘든 날이 많으면서도 방송을 끊지 못했을까? 지상파에서 다채널로, OTT에 유튜브에 나 같은 제도권 방송국 직원은 견디기 힘들 만큼 벅찬 환경에서 왜 나는 여전히, 누가 보든 안 보든 방송을 하고 있을까?

"당신이 보고 있기 때문에!"

아무리 인기 없는 방송이라도 한 사람이라도 본다. 꼭 필요한 방송이 꼭 시청률 높은 것도 아니다. 이 지구상 어딘가 아무도 안 보더라도 한 사람은 ─ 하다못해 가족이라도 ─ 확실히 나를 보고 있다. 모두가 잠만 자는 줄 알았던 새벽 5시 라디오를 했는데도, 택시를 탈 때 내 얼굴이 아닌 그 시절 내 목소리를 기억하는 기사님을 만난 적이 있다. 신입사원일 때 〈남북의 창〉을 진행했는데, 탈북하신 분들이나 보시려나 싶던 방송을 애청하고 있다며 스타 연예인이 말을 건 적도 있다. 애써 제작한 《조수빈TV》 영상 조회수가 안 나올 땐 시무룩하기도 했지만, 누군가는 꼭 댓글을 달아줬다.

절대적인 시청률 수치로 보면 내가 지금 진행하는 채널A 뉴스가 KBS 전성기 때만 못하지만, 유튜브 시대의 영상 조회수는 KBS를 압도하고, 내 모습을 선명하게 기억하는 분들은 오히려 많아졌다. 아무래도 TV는 틀어놓고 다른 일을 하지만 유튜브는 적극적인 시청자라 그런 면도 있겠다. 0명이었던 내 채널 구독자도 수만 명으로 늘었다. 또 지금 네이버에 들어가면 뉴스를 읽어주는 보이스 서비스가 있는데 그게 내 목소리를 인공지능에 딥 러닝 시킨 거다. 그걸 단박에 난 줄 알아들으시는 분들 보고 깜짝 놀라기도 했다.

한 번 쓰고 버리는 휴지처럼 누군가는 내가 나온 방송을 스리슬쩍 지나칠 것이다. 내가 그 사람 앞에 나타나도 어제 본 방송의 진행자가 나인지 깨닫지 못하는 일은 비일비재하다. 누군가에게 나는 직업만 아나운서인 그저 행인이겠지만, 또 누군가에게는 한 번쯤은 위로를 준 인연은 아니었을까, 혼자 생각해 본다. 물론 내가 그분들에게서 얻은 위로가 더 크지만.

오늘도 나는 세트장에 앉는다. 어떤 날은 내가 들고 있는 스마트폰이 여러분을 연결하는 방송국이 된다. 어떤 방송은 조금 많은 사람들이 보겠지만 어떤 방송은 그렇지 못할 것이다.

하지만 큰 방송국이 딱 두 개이던 시절에 태어나 거의 모든 방송 매체를 경험해 가면서 나이 드는 지금이 참 감사하다. 전통적인 아나운서로 일했던 내가 유튜브 채널까지 꾸릴 줄이야, 대견하다. 부족한 재능으로 아나운서가 된 걸 후회한 적도 있지만, 여전히 카메라 앞에서 에너지를 얻는다. 어찌 됐든 무언가를 오래 하는 사람만이 느낄 수 있는 기쁨이다.

〈나는 전설이다〉는 남자주인공이 자신의 방송을 들은 한 사람을 만나러 가면서 결말을 향해 달려간다. 골방에 숨어 1인 방송하던 우한 청년(지금은 건강히 잘 지내고 계시길!)의 목소리도 실은 우리가 듣고 있었다. 홀로 외치던 그들의 방송이, 듣는 사람이 있기에 더 이상 허무하지 않았던 것처럼, 나도 지금 의미 없는 시간을 쌓는 게 아니라고 믿는다. 카메라 렌즈, 마이크 뒤에 단 한 명이라도 귀담아 주는 사람이 있음을 알기에 용기가 난다.

1분짜리, 아니 한마디 말을 하더라도.

"그러니까… 오늘도 지켜봐 주실 거라… 믿습니다!"

15년 만에 평생직장 관두고 느낀 것들

요즘은 입사하자마자 퇴사를 생각한다지. 경제적으로 자립하고 잽싸게 은퇴하는 '파이어족'이 인기다. 하지만 실제로 사표 내는 걸 결심하기까지는 누구나 고민이 깊다.

나는 평생직장일 줄 알고 회사에 입사해, 15년 동안 다녔다. 사실 15년 정도 한 회사를 ― 그것도 공사였다, 세상은 공사를 속칭 '철밥통' 혹은 '신이 숨겨둔 직장'이라고 표현한다 ― 다니면 퇴사 같은 건 쉽게 생각하지 못한다. 신입사원 3년, 5년, 10년 전후로 이직에 대한 유혹은 생긴다지만, 그 모든 고비를 넘어 버텨온 회사 아니던가?

처음 그만두겠다는 의사를 밝히던 날, 돌아오는 퇴근길엔 참 만감이 교차했다. 아르바이트해 시험 볼 비용을 마련해 가며 열심히 열심히 입사를 준비했던 회사였다. 누가 뭐라 하든 젊은 날을 바쳐 최선을 다한 일터였다. 한 번도 제 발로 그만둘 거라곤, 아니 정확히 얘기하면 그만둘 '용기'가 생길 거라곤 생각한 적 없었다. 오래 다녔기에, 직장이 주는 달콤한 안정감과 퇴사했을 때의 리스크를 모두 알기에 더 그랬다. 하지만 모든 고뇌가 순간 몇 초 안에 끝나 버렸다. 이제 정말 마음 바뀌어도, 주워 담을 수 없었다.

첫 직장이고 운이 좋아 인정도 받았다. 그래서 더 두려웠다. 사람은 경제학적으로, 기회비용이 클수록 선택을 주저하지 않는가. 내가 가졌던 꿈은 단 하나, 아나운서였다. 곧 마흔 살, 젊은 나이지만 여자 아나운서로서는 가능성보다는 문이 닫히기 시작하는 나이. 꼭 하던 일을 계속한다는 생각도 아니었지만 정말로 일할 곳이 없으면 어떡하지? 나는 나가서 무엇을 할 수 있을까? 15년 단단한 울타리였던 이곳을 벗어나서 아무것도 아닌 존재가 되어버리면 어떡할까. 처음부터 취직했던 적이 없었던 사람처럼. 이 직업은 좋은 스펙이 될 수도 있지만 그렇다고 변호사나 의사처럼 전문자격증이 있는 것도 아니다. 그냥 아무도 찾지 않으면 그냥 아무것도 아니다.

남들에게 겉으로 보이는 내가 어떤지 잘 모르겠다. 왠지 두려움 없고 결단력 있는 것처럼 보일 것 같다. 내 별명 가운데 '조무당'이라는 것도 있다. 비교적 촉이 좋은 편이고 특히 다른 사람이 어떤 진로를 걸을지 잘 예측해서 붙은 별명이다. 단호한 어투도 한몫한다. 그러나 정작 중은 제 머리 못 깎고 무당은 제 굿을 하지 못한다. 딱 내가 그랬다. 두려웠다.

특히 경주마처럼 달렸던 첫 8년과 달리 마지막 7년, 그러니까 내 회사 생활의 절반은 육아와 개인사적인 어려움이 범벅이었다. 아직도 첫 아이를 낳고 오랜만에 복직하던 날, 아는 사람을 만나면 어떻게 인사해야 할지 낯설어 기둥 뒤 —KBS에는 큰 기둥이 많다— 로 숨어 쭈뼛쭈뼛 들어서던 게 생생하다. 방송에 조금 적응해서 큰 프로도 맡을 무렵 바로 둘째가 생겼다. 아무래도 내 영역을 확고하게 하지 못한 상태에서 출산과 휴직을 번갈아 하다 보니 자신감이 많이 떨어진 상태였다. 온통 아이와 집안사에 신경 쓰다 보면 머리 감고 다닐 시간도 없었다. 아이 낳고는 로션이라도 제대로 바르고 다닌 적이 있나 싶다. 모유 수유를 두 아이 합쳐 3년을 하다 보니 늘 잠도 부족했다. 한번은 동기인 이선영 아나운서가 복도에서 나를 봤는데, 푼 머리에 고무줄 자국이 남아있고 멘탈이 나가 있었다고 한다. 남들이 꾸며주니까 TV에선 번듯하게 나올지 몰라도 늘 지쳐 있는 채로 회사생활 후반부를 보내버렸다. 육아 말고 개인적으로 괴로운 일도 많았다.

그러다 보니 아, 이제는 그만둬야겠구나 하고도 고민하는 시간이 길었다. 회사에서 쌓아둔 것들이 점점 희박해지는 시점이었기 때문에, 막말로 잘 나가던 시점이 아니었기 때문에 나가면 더 큰일 아닐까 싶기도 했다. 전업주부로서의 삶도 행복할 수 있다 다독였지만, 솔직히 경험을 안 해봐서 일하고 싶은 마음 반 살림만 하고 싶은 마음 반이었다. 신혼 초부터 회사 안 다녀도 된다던 남편은 웬일인지 더 다니라며 만류했다. 엄마도 아까운 직장이라며 몸져누웠다. 가까운 사람들도 나가봤자 별거 없다며 도리도리한다. 지지하지는 않아도 괜찮을 거라고 용기 정도는 줄 줄 알았는데, 아군이 한 명도 없는 퇴사였다.

사람들은 계획을 세워 퇴사하라고 했지만, 시간만 가지 계획은 생기지 않았다. 그래서 일단 그만두기로 결심했다.

이 책을 읽는 사람 가운데도 퇴사를 고민하는 사람이 있을까? 퇴사하고 느낀 점을 결론부터 말하자면, 결국 끝이 있어야 시작이 있다. 하나를 포기해야, 그러니까 직장이 주던 모든 혜택을 포기하고 나오니까 비로소 다른 문이 열리더라는 말을 하고 싶다. 사람들은 살면서 늘 새로운 문이 열리기를 갈망한다. 하지만 그 문은 내가 가진 것을 포기하지 않으면, 절대 동시에 열리지는 않는다. 그만둔다고 해서 온전히 남편에게 모든 것을, 특히 경제적인 부분을 의지할 생각 — 사실 그래도 믿는 구석이 있으니 그만두지 않았냐 한다면, 맞다 — 은 아니었다. 나는 계속 경제활동을 해왔던 사람이기 때문에 모든 경제적 의사 결정을 남편에게 맡긴다고 생각하니 '오마이갓'이었다. 사람마다 성향이 다르지만 나는 내가 쓸 것은 내가 벌어야 직성이 풀리는 스타일이기 때문이다. 그렇지만 에라 모르겠다,

용돈 정도는 벌겠지 하고 결정을 해버렸다. 그럼 지금은 어쩌고 있을까? 뭘 믿고 나가냐, 곧 망할 거라는 시선도 있었지만, 다행히 회사 다닐 때보다는 잘 먹고 잘살고 있다.

아이들에게 엄마가 매우 필요한 시기였다. 또 마침 친정 부모님 두 분이 심장 수술, 암 수술, 실명을 번갈아 겪으셨기에 더욱더 시간이 필요했다. 부부 사이도, 지금까지보다 아내의 역할을 더 잘 해내고 싶은 마음도 컸다. 어차피 지금처럼 집안에 온갖 일이 터지는 상황에서 나는 일에 집중할 수 없었다. 그렇다고 퇴사가 온전히 개인적인 사유였냐 묻는다면, 꼭 그런 것은 아니다.

그만두기까지 계기가 된 사건들은 많았다. 하지만 그걸 일일이 설명할 필요는 없을 것 같다. 내가 살아가면서 얻은 지혜 가운데 하나는, '내가 힘든 것을 남에게 알리지 말라'다. 보통 사람들은 누군가 힘들다면 대다수는 아예 관심이 없거나 고소해한다는 걸 많은 경험을 통해 깨달았기 때문이다. 위로하고 걱정해주는 건 소수의 주변 사람들이면 충분하다. SNS나 TV처럼 불특정 다수에게 나의 힘든 점을 일일이 털어놓을 필요는 없다. 특히 다른 사람이 엮인 일이라면 더더욱 그렇다.

퇴사를 결정한 결정적 계기는 이것 하나였다. 어느 날 고민 속에 누워있던 나는 벌떡 일어났다. 사기업과 달리 형사범죄를 저지르지 않는 한 자르지 않는 고마운 회사다. 그냥 계속 다니기만 해도 62세에 정년퇴직을 한다. 물론 나는 묵묵히 한자리를 지키다 정년퇴직하신 많은 선배님들을 존경한다. 하지만 자부심으로 보상받기엔 당시 나의 심경은 매우 괴로웠다. 앞으로 퇴직까지 24년, 그러면 할머니가 되고 어느 날 죽음이 나를 찾아올 것이다. 그런데⋯. 그렇게 끝나버리면 내 인생이 너무 아까울 것 같았다! 딱 한 번 사는 인생인데!

회사를 다니면서 힘들었던 부분, 끝까지 타협할 수 없는 부분은 이랬다. 사람은 한번 살면서 자신이 하고 싶은 이야기를 당당하게 하고 싶은 것이 순리이다. 다만 다 내가 원하는 대로 굴러갈 순 없으니 어느 시점에서 적절히 대처하는 것뿐이다. 어떤 회사든 '정치적인 논리'에 의해 움직이는 측면이 있다. 여기서 정치란 꼭 좌우, 여야 이런 정치를 말하는 건 아니다. 사내정치도 정치다. 경중의 차이일 뿐 어느 정도 규모가 있다면, 조직은 어디나 그러할 것이다. 개인이 열심히 한다고 해서, 실력만으로 평가하지 않는다. 특히 한국에서, 그것도 주인 없는 회사라면 어떨까? 정치인들은 '공공'이라는 말을 상당히 즐겨 하지만 짧지 않은 사회생활을 하고 난 뒤 내가 내린 결론은 이랬다. '모두의 것은 아무의 것도 아닐 확률이 높다.'

사람은 자기가 하고 싶은 말을 다 하고 살 수는 없다. 왕도 그러고는 살지 못한다. 회사를 다니면서 어느 정도 기간은 조직 논리에 맞추는 기간은 필요하다. 하지만 그때 이미 나는 40대가 눈앞이었다. 지금 그만두지 못한다면 앞으로는 더 나가지 못할 것이다. 여기서 나가지 못한다면 나는 이 조직에서 끝이 난다. 다시 한번 말하지만 한 조직에서 유종의 미를 거두는 것도 분명 가치있는 일이다. 모두에게 퇴사를 권장하는 것은 '절대' 아니다. 하지만 그때 나에게 무엇보다 중요했던 가치는…,

'나의 생각대로 사는 것'

사안마다 내 생각을 일일이 밝힐 수는 없다. 하지만 적어도 내 생각과 반대되는 행동을 하고 싶진 않았다. 엄마로서, 아이들에게 바라는 것을 꼽으라면 건강 말고는 딱 하나다. 당당하게 소신을 갖고 세상을 살아가는 것이다. 아이가 당당하게 살기를 바란다면 엄마부터 그래야 하는 것 아닐까. 때로는 다수가 YES라고 해도 나 혼자 NO를 말할 수 있어야 한다. 혹시 그게 잘못된 것이라도 책임은 NO라고 말한 내가 지는 것이다. 그런데 몇 년간 회사에서 본 것은, 행복한 가정과 화려한 커리어를 가진 동료들이 실상은 자신의 삶과 맞지 않는 신념을 주장하고, 사실은 나는 그렇게 생각하지 않는다, 뒤에서 고백하면서도 다수에서 배제될까 봐 불안에 떠는 모습이었다. 조직에서 괜히 트러블 메이커가 되는 것은 아무도 원하지 않을 것이다. 그게 인간의 생존본능이니까.

이 시대에 많은 혜택을 누린 사람들이 휩쓸리며 살아야 할 나약한 존재라면 얼마나 슬픈 일일까. 주관을 버린다면 안정적인 직장은 한없이 안락한 공간이다. 하지만 혹시 나도 모르게 점점 더 뜨거워지는 물속에서 삶아지는 줄 모르고 서서히 죽어가고 있는 것은 아닐까 끊임없이 물었다. 내 아이가 같은 직장에 입사한다면 마냥 기뻐할 수 있을까, 우리 부모가 그랬던 것처럼? 그래서 결심했다.

회사를 나가서 망하더라도, '시원하게' 망해 보기로. 그래, 시원하게 망해 보자.

퇴사하면 후회할 거라는 조언을 수없이 들었다. 하지만 15년 만에 퇴사하고 가장 후회하는 게 무엇인지 아는가. 더 일찍 퇴사하지 않은 것이다. 얘가 회사에 엄청 불만이 많았구나, 그렇게 오해하진 않았으면 한다.

기본적으로 난 직장을 사랑했다. 당연히 KBS라는 좋은 직장을 다녔기 때문에, 오랜 시간 내공을 다질 수 있었고 나와서도 다른 일을 할 수 있다는 것 ─ 두려워했던 것과 달리 ─ 을 안다. 그렇지만 조금 더 젊었을 때, 조금 더 여러 가지 일을 시도해 볼 수 있었을 때 퇴사했더라면 더 좋았겠구나 하는 생각은 한다. 왜 그럴까.

언제가 회사를 그만두면 좋은 타이밍일까, 고민하는 청춘이 분명 있을 것이다. 내 경험에 비추어 말한다면 '더 이상 어찌할 도리가 없을 때'가 그만둘 시점이라고 조언하고 싶다. 어찌할 도리가 없다는 건 또 무슨 얘기일까?

누구나 신입사원 시절엔 각자 세운 목표, 혹은 이상적이라고 믿는 그림이 있을 것이다. 그 목표나 그림을 만들어내려고 최선을 다해도 절대로 안 될 때, 즉 가망이 없다는 판단이 든다면? 그러니까 '조금만 참으면, 조금만 더 해보면 상황이 나아지지 않을까?'가 아니라, 오랜 시간 일을 하다 보면 '관성'에 의해 일을 할 때가 있다. 아무리 노력해도 바뀌지 않을 거라는 걸, 누구보다 나 스스로 아는 상황! 그게 퇴사 타이밍이다.

바꿔 말하면, 그만둔다고 말해도 후회가 없고, 부끄러울 게 없을 만큼 최선을 다해 본 뒤에야 퇴사를 고민해 볼 수 있다.

여기서 전제조건은, '감정적 판단으로 관두지 말라'는 것이다. 예를 들어 상사와 싸웠다고, 누구 꼴 보기 싫다고 관둬선 안 된다. 회사를 다니는데 일도 좋고 적성에도 잘 맞고 기본적인 조건이 다 좋다고 치자. 그런데, 상사가 사이코다? 그럴 때 보통 그만둘까 많이들 생각한다. 그런데 나는 특정한 한 사람 때문에는 그만두지 말라고 한다. 물론 극단적인 상황은 제외하고 하는 말이다. 사이코가 너무 많아서 집단 괴롭힘을 당하던지, 막말로 요새 미투도 많지만, 성범죄에 시달리던지, 가학적인 일을 당한다면…, 그건 정말 '형사고소' 각이다!

사표 쓸 일이 아니라 법원이나 경찰서로 가야 할 일을 제외하고, 상식적인 선에서 말해 보자. 아주 작은 회사에서는 사람 때문에 괴로우면 도망갈 곳이 없으니 큰일이긴 하다. 하지만 어느 정도 규모가 있는 회사라면, 부서를 옮길 수도 있고 내 업무도 바뀔 수 있다.

내게도 그런 경험이 있다. 신입사원 시절 어떤 스태프가 일부러 그런다고 판단할 수밖에 없을 만큼 괴롭혔다. 조그마한 것도 NG라며 1시간 녹화할 걸 3시간 반복시키며 다음 스케줄에 지장 갈까 조마조마하게 만드는 건 약과였다. 지금 같으면 방송 내공 20년으로 딱 잘라 말할 텐데, 20대 중반, 어릴 때라 항의도 못 하고 끙끙 앓기만 했다. 어떻게 해야 할지 몰라 우울감에 시달렸다, 진짜로.

결국, 난 어떻게 했을까? 입도 뻥긋 못 하고 건강 때문에 일을 줄인다며 스스로 하차했다. 솔직히 말 못 하고 이유를 만든 것이다. 그런데 무슨 일이 생겼는지 아는가? 며칠 뒤에 그 스태프가 다른 프로로 자리를 옮겼다. 난 이미 그만둔다고 말해서 후임까지 정해졌는데! 사실 난 그 프로를 엄청 좋아했지만, 말을 주워 담을 수는 없는 노릇이었다. 헐.

그러니까 스스로 생각해보자. 일은 좋아해? 그런데 사람 때문에 힘든 거라면? 무작정 사표 쓰는 건 좀 더 고민해봤으면 좋겠다. 그놈이 오래 다닐지 내가 더 오래 다닐지, 길고 짧은 건 대봐야 아니까.

감정적으로 그만두지 말라, '프로 이직러'가 되지 말라는 말이기도 하다. 직장을 너무 자주 바꾸는 사람들이 있다. 이거 좀 해보다가 흥, 저거 해보다가 흥, 안 되겠어 그만둘래, 실업수당이나 받으면서 찾아보지 뭐. 친동생이라면 도시락 싸고 말릴 일이다. 너무 빨리 회사를 그만두진 않았으면 좋겠다. 물론 아예 직업을 바꾸는 거라면 (아나운서가 한의사가 된다든가) 하루라도 일찍 그만두는 게 맞다. 그게 아니라면 한 분야에서 적어도 10년쯤은 내공을 쌓기를 바란다.

예를 들어 A게임회사에서 B게임회사, A방송국에서 B방송국 식으로 같은 업무로 움직이는 거라면 적어도 전 직장에서 실력을 인정받아야만 움직이는 게 의미가 있다. 같은 업계에서 직장 간판만 바꾸는 경우는, 최소한 연봉이라도 올릴 수 있을 때 이직하는 게 맞다고 생각한다. 퇴사도 전략이 필요하다.

회사를 그만두면 할 수 있는 게 많아 보였다. 근무시간만큼 시간이 남는 거 아닌가? 벼르던 미술 공부도 하고, 책도 써야지. 운동도 빡세게 해서 몸짱 돼야지, 여행도 많이 갈 수 있겠지 등등…. 그렇지만 퇴사하고 할 일이라면 회사 다닐 때 이미 하고 있었어야 한다는 걸, 퇴사 3년 차에 깨달았다.

20대에 영화 에세이를 연재했다. 반응도 좋았고, 출간 제의도 몇 번 받았다. 지금은 바쁘니까, 조금 한가해지면 모아서 책을 내야지…. 지금까지 못 냈지 뭐냐. 퇴사하면 바짝 써서 내지 뭐, 했는데

아, 평생직장을 그만두어도 시간은 여전히 없다! 아니, 내가 게으른 건가?

내가 지이이이인짜 원하는 게 있다면 완벽하지 않아도 회사 다니면서 어느 정도 진행을 하고 있어야 한다. 유튜브를 예로 들어볼까. KBS 다닐 때부터 작더라도 미흡하더라도 개인 채널을 시작했더라면 지금 어떨까. 그땐 유튜브 초창기라 구독자 모으는 게 지금보다는 쉬웠다고 한다. 지금 사람 천명 모으는 게 얼마나 힘든지 아냐구. 미루고 미루다 책도 못 냈고 미루고 미루다 유튜브는 레드오션이 돼 버렸다. 흐엉.

며칠 나갈 필요도 없이 퇴사해야 하는 케이스가 있긴 한데, 건강에 문제가 있다면 당장 쉬거나 그만두는 것이 좋다. 마음 아픈 이야기지만 가까운 친척과 회사 선배 가운데, 승진하자마자 암 선고를 받았는데, 최선을 다한다며 자리를 지키다가 안타까운 일이 생긴 걸 본 적 있다. 관리를 잘하면서 일하면 되지 생각하기 쉽지만, 스트레스 없는 직장이 있을까. 특히 승진을 했다면 책임감이 더 막중할 텐데. 건강에 중대한 문제가 생겼다면 휴직 혹은 퇴사가 1순위인 게 맞다. 사람 목숨이 가장 중요하다.

또 다른 케이스는 '회사가 내 마음을 좀먹을 때'이다. 인생에는 '사이코 질량 보존의 법칙'이 있다. 직장에서도 어느 부서에서 어느 업무를 하더라도 정량만큼 정해진 비율의 이상한 사람을 만날 수 있다. 보통 사람들이 사람 때문에 오는 스트레스가 가장 크다 하지만 그래도 참는 건, 그 스트레스보다 내 이득이 더 크기 때문 아닐까. 성취감이라든지, 회사가 주는 경제적 보상이라든지 하는 게 — 적어도 월급날만큼은 — 사람으로 인한 스트레스를 상쇄하는 것이다. 그런데 만약 역전된다면 어떨까? 회사 때문이든 사람 때문이든 스트레스가 내가 회사를 다님으로써 얻는 이득을 훨씬 압도한다면 말이다.

회사가 내 마음을 좀먹고, 출근할 생각만 하면 너무 힘들어, 공황장애가 오는 정도까지 치달았다면, 그만두는 게 맞다. 두 번 생각해 볼 필요도 없다. 건강에 우선하는 게 없다는 원칙은 정신건강에서도 마찬가지이다.

15년 만에 퇴사하고 느낀 점들을 풀어봤다. 하나 덧붙인다면 '경제적 자유'를 어느 정도 실행시키고 그만두는 게 좋다는 걸 꼭 말하고 싶은데, 다른 챕터로 미루도록 하겠다.

물론 회사를 그만두고 좋은 일만 생기진 않았다. '어느 회사의 누구' 굳이 내가 누군지 설명하지 않아도 되던 직장이 있을 땐 참 든든했다. 지금은 오로지 내 이름 석 자 외에는 설명할 말이 없다. 어찌 보면 걷고 있는데 발을 디딜 땅이 없는 느낌이기도 하다. 심한 경우 다음 달 수입이 0원일 수도 있다. 이제 더 이상 정년은 보장되지 않고 특히 돈으로 환산할 수 없던 동료들, 돈을 주고도 누릴 수 없는 복지조건은 가끔 잘 그만둔 걸까, 흔들리게 한다.

하지만 회사에 속했던 15년보다 퇴사하고 3년간 겪은 일들이 훨씬 다채롭고, 조수빈이라는 한 사람을 더 깊이 있게 만든 건 분명하다. 이 세상은 40대에 접어든 아줌마가 살기에도 버라이어티하고 재미난 곳이다. 지금 겪고 있는 세상은 회사만 죽 다녔다면 절대 몰랐을 세상이다. 그러니까, 퇴사를 할 때 막연히 낙천적인 것도 위험하지만 너무 불안에 떨지도 말라고 말하고 싶다. 무슨 일이 벌어지든 감당하겠다는 책임감만 단단히 한다면 못 할 게 없다. 나 봐라, 그래도 할머니로 늙어 죽을 때 억울해서 벌떡 일어날 것 같지는 않은데?

아, 물론 전제조건이 있다! 퇴사를 고민하려면 일단 취직부터 해보자!

회사와 잘 이별하는 방법

그래 사실 너 때문이다. 네 놈 때문이다. 잘하고 싶은 마음을 꺾는 것도, 너 같은 인간이 기회주의자로 행동하며 의식 있는 척하는 것도 더 이상 보기 싫다. 오늘 나는 당신 면전에 날려버리겠다. 멋지게, 사표를 말이다.

못 들어가 목매던 직장 아니던가. 하지만 가슴 속에 칼 아니 사표 한번 품어보지 않은 사람이 있을까. 사실 일 때문이면 고민은 깔끔하다. 하지만 8할이 '사람' 때문이다. 로지인지, 래아인지 가상 인간이 연예인 일자리를 뺏고 메타버스가 유망한 산업이라는데 왜, 왜, 왜 나를 힘들게 하는 너는 가상 인간이 될 수 없는 거냐. 스마트폰 전원을 끄듯 한 번에 이 스트레스를 접을 수는 없는 거냐…, 라고 대한민국의 평범한 직장인을 대신하여 써본다.

15년 만에 평생직장을 관두고 느낀 점을 단숨에 다 쓰기엔 지면이 부족했나. 퇴사, 아직 할 말이 더 남았다. 계속 회사를 다녔으면

팀장 부장 점점 올라갈 나이가 되면서 (물론 중간에 누락될 수도 있지만) 기억은 점점 희미해질 것이다. 내가 회사를 왜 그만두었는지, 그 과정이 어땠는지 말이다. 결론은, 기억이 조금 더 남아있을 때 혹시 필요한 인생 후배들이 있을까, 싶어 '잘 퇴사하는 법' 적어보기로 했다는 것.

답은 정해져 있어 너는 듣기만 해, '답.정.너.'라며, 사직을 굳히기까지 주변 사람들과 의논할 필요가 있을까? 내 경우는 굳히고 나서 확인차 친한 후배에게 말하긴 했다. 물론 후배는 그만두지 말라고 했고, "누나, 헛꿈 꾸지 말고 정신 차려! 회사 나가면 얼마나 힘든지 알아?"라고 해놓고, 그래놓고 지도 후에 관둘 줄이야… 경완아 너 말이야.

하지만 절대로 동료들과 사직을 의논할 필요는 없는 것 같다. 결국 퇴사란 중대한 결심은 '내 마음'이 시키는 대로 해야 하기 때문이다. 좀 더 현실적으로 말한다면, 상사가 다른 경로로 먼저 들어서 좋을 게 없다. 특히 사표를 내는 그 순간까지 내 마음은 바뀔 수 있다. 괜시리 소문 먼저 나면 하루에도 열두 번씩 바뀌는 갈대 같은 마음, 정정도 하지 못하고 불성실한 것으로 이미지만 구길 수 있다.

지이이이이이이인짜 믿을만한 사람 정도, 의견을 묻는 차원에서 의논할 수 있다. 혹은 퇴사 후 길을 열어줄 수 있는 사람도 의논 상대가 될 수 있겠다. 어쨌든 중요한 건 '단 한 사람'인 게 좋다. 여기저기 찔러봤자 소문났을 때 어디서 샜는지 몰라 우왕좌왕하는 건 나, 창피한 것도 나다.

드디어 상사에게 따로 면담을 요청한다. 그만두겠다고. 이유는 "최대한 정직하고 솔직하게" 말해야 한다. "아이들이 어리고 부모님이 아파서 개인적인 시간이 필요하고 육아휴직도 고려했는데 블라블라…."

아니 솔직히, 솔직하면 안 된다. 그만두는 이유 가운데 몇 할은 당신 때문이라는 말이 입 밖에 나와도 하지 말아야 한다. 회사 욕도 하면 안 된다. 그래, 나도 15년 동안 같은 직장을 다니면서 왜 불만이 없었겠는가. 하지만 그래도 결국 얻은 게 더 많다. 내가 지금까지 쌓아온 경력 없이 다음 단계로 넘어갈 수 있을까? 없다. 물론 사직하던 당시에는 보장된 일자리가 하나도 없었지만 말이다. 불만이 있더라도 감사한 마음을 갖는 게 최선이다.

날 서운하게 하는 남자친구와 헤어져도 세월이 흐르면 왜 모든게 추억이 되지 않은가? 언젠간 힘들었던 시절조차 추억이 될 것이다, 라고 다짐했는데 진짜 그렇긴 하다. 가끔 자기 유불리에 따라 납작 엎드리기도 하고 거짓말하기도 하고 자기 기분 나쁠 때는 후배들 인사도 안 받아주는 그를 보며 왜 저럴까, 싶은 적도 있지만…. 신입사원일 때 맛있는 고기를 사주던 다정한 선배이기도 했다. 좋은 생각만 해야 한다.

퇴사하고 몇 년 지나 보니 그랬던 나의 행동은 맞았다. 사람은 고쳐 쓰는 게 아니라는 말이 있지만, '사람에 대한 생각'은 달라진다는 걸 배웠다. 회사 다닐 때 별로 가깝지 않았던 상사가 오히려 야인이 된 나를 챙겨주는 경우가 생겼다. 종종 안부를 물어 준다든지 행사나 방송을 소개해주는 식으로 말이다. 나를 괴롭힌다고 생각했던 상사가 실은 나를 아껴주던 경우도 있었다. 너무 원리원칙을 고집하고 무뚝뚝한 분이라 가까이하지 못했는데 알고 보니 출산휴가 마치고 돌아오는 내가 방송에 잘 적응할 수 있도록 좋은 프로그램에 적극 추천해주던 뒷이야기도 사표를 쓰고서야 알게 됐다. 또 반대로 회사 다닐 때는 가까운 줄 알았는데 나오고 보니 연락 한 번 안 하는 경우도 있다. 하하. 뭐 그게 사람 사는 세상이기도 하다.

그러니까 절대, 절대, 절대로 직장을 떠나는 이유가 상사 때문이라는 암시를 줘서는 안 된다. 특히 방송인의 경우로 한정시켜 본다면 '걔가 실은 누구 때문에 그만둔 거래'라는 설 아닌 설이 돌 때가 있다. 그걸 앞장서서 긍정할 필요가 없는데, 확인사살 하는 사람들이 종종 있었다. 안타까운 일이다.

인간관계는 다 상대적이다. 내가 상사면 나 때문에 그만두는 후배가 없으란 법 있을까?(지면을 빌려 사과드립니다.) 게다가 뭉쳐 다녀야 하는 사적 관계도 아니고, 직장은 공적인 영역이다. 공적 영역에서 '저는 사람 하나 때문에 관둬요'라고 인정하는 것은 '프로가 아닌 아마추어'였음을 고백하는 것과 다를 게 없다. 아, 물론 직장 상사가 성추행, 갑질, 집단 괴롭힘 같은 행동을 했다면 또 다른 얘기겠지만. 그 경우는 사표 쓸 일이 아니라 법정에 갈 일이라고 지난 편에 말하기도 했다.

게다가 인간은 본인이 득을 볼 때는 공정한 세상이고, 본인이 손해를 보는 순간은 불공정하다고 착각하는 경향이 있다. 내가 그나마 사회생활 하면서 배운 건 어떤 사안이나 사람에 대한 판단은 상황에 따라 바뀔 수 있기 때문에 성급한 판단을 경계해야 한다는 원칙이었다. 한 사람이나 조직에 대한 판단을 속으로야 내릴 수 있지만, 공적인 영역에서 함부로 표출하지 말아야 한다.

언젠가 미국의 유명 커리어코치인 프리실라 클리먼이라는 사람의 칼럼을 읽은 적이 있는데 공감 가는 내용이 많았다. 무작정 퇴사하지 말고 그 전에 자신에게 질문을 던져보라고 한다. 조직. 직위. 위치! 내게 맞는 조직과 직위에서 일하고 있는지, 앞으로 원하는 경력에 적합한 위치에서 일하고 있는지? 말이다.

이 중 한 가지라도 '아니오'가 나온다면 퇴사를 고려하라는 게 클리먼의 조언인데, 나는 마지막 질문에서 '아니오'가 나왔다. 방송이 아닌 일반 직장인들과는 좀 차이가 있겠지만, 나는 사내에서 '누군가의 선택을 받고' '부서의 허락을 받아' '남들이 나와 어울린다고 생각하는' 방송을 맡는 상황에 조금 지쳐 있었다. 특히 나이가 들수록 '자기 것'을 하는 게 좋다고 평소 생각해 왔는데 아무래도 방송국 중에서도 공사라서 좀 어려운 상황이었다. 내가 특출난 재능이 있는 건 아니라서 더더욱 남의 선택과 허락에 의존했어야 했다는 게 진실일 수도.

아, 그만둬야겠다. 답이 나왔다 해도 무턱대고 관두면 된다, 안된다? 한 1년 정도 더 숙고하는 시간은 가졌다.

〈나는 자연인이다〉를 찍을 게 아닌 이상 퇴사는 일에서의 완전한 해방을 의미하진 않는다. 어떤 형태로든 '이직'을 하게 된다. '전업주부'가 되는 것마저 이직이라고 생각했기 때문에 나는 내 왼쪽 가슴에 손을 얹고, 왜 이직하는지 사유를 점검해봤다. 상사 때문인가? 이 경우면 어떻게 대처해야 할지 앞서 정리를 했다. 돈 때문인가? 이것도 퇴사에서 무시 못 할 문제다. 특히 아나운서들은 프리랜서가 될 경우 회당 수입이 10배 100배, 그 이상 는다고도 봐야 한다. 프리랜서치고 돈을 생각하지 않았다고 말한다면 거짓말이다. 그 수입이 0이 될 수도 있지만. 하지만 '조수빈'은 예능에서 활약한 것도 아니다. 그래도 꾸준히 대표 프로그램을 진행하긴 했지만, 상업적인 수익과 연결되는 것은 나 스스로도 상상이 되지 않았다. 그러니, '머니 드림'을 갖고 나온 것만은, 분명 아니다.

대신 '시간 확보'가 더 큰 사유였다. 어린아이 둘을 키우는 엄마가 되어 그만둘 무렵 부모님 두 분 다 몸이 심각하게 안 좋았다. 출근하는 시간에는 엄마에게 의지할 수밖에 없었기에 가족을 위해서 망설이던 결정을 내리게 됐다. 가족과 함께할 시간을 확보하는 게 그 당시 내게는 사회적인 성취보다 훨씬 중요했기 때문이다. 그런데 'Time is money', '시간은 돈이다'라는 말도 있으니 결국 돈 때문에 관둔 셈인가?

퇴사 사유가 상사, 돈도 아니고 '성장의 기회'일 수도 있다. 조금 낭만적으로 들리지만 말이다. 누구나 회사를 다닐 때보다 좀 더 나은 상황을 기대하며 결단을 내린다. 내가 그만두던 2019년은 유튜브가 빠르게 치고 올라오던 시기였다. 꼭 유튜브를 해야겠다고 마음먹은 것은 아니지만 죽이 되든 밥이 되든 온전히 나의 선택과 책임에 의한 일을 해보고 싶긴 했다. 물론 진짜 죽도 밥도 안 돼서 일을 못 할 수도 있다는 리스크는 감수해야 했지만 말이다.

지금 어떠냐고? 보시다시피 책도 쓰고 방송도 하고 유튜브도 하고 한 마디로, 성장하는 중이긴 하다.

그런데 마음을 먹어놓고 질질 끈 건 뭔가 붙잡을 끈이 있어야 하지 않나, 하는 조바심 때문이었다. 갈 곳이 있다면야 베스트겠지만 필수적인 건 아니다. 나는 그만두고 나서 채널A 뉴스를 진행하게 됐는데, 많은 주변인들이 마치 약속이라도 받고 간 줄 안다. 쉬뿔! 아무것도 없이 관뒀다. 직장을 일단 관둬야 시원하게 일을 알아볼 수 있기도 하고. 실제로 갈 곳을 정해놓고 관둔 분들은 생각보다 많지 않았다.

스카우트는 예외가 될 수 있지만, 흥미로운 건 방송가의 경우 스카우트를 받아 옮겼다고 해서 새 직장에서 꼭 성공하는 건 아니라는 거다. 왜냐하면 스카우트로 옮기는 경우 퇴사의 고민이 본인에게서 비롯되지 않은 셈이기 때문이다. 많은 방송국이 새로 개국하던 시기에 웃돈을 쥐가면서 인재를 많이 영입했다. 스카우트이니 뭐든 다 잘될 거라는 막연한 생각으로 옮기신 분들 가운데 물론 잘된 분들도 있지만, 적응이 잘 안 돼 후회하는 분도 꽤 보았다. 특히 KBS 같은 공사에 있다가 오너가 있는 사기업 방송사로 옮겼을 때 문화 차이를 좁히기 쉽지 않아 원래 다니던 회사만큼 성과를 못 내는 사례들을 적지 않게 목격했다.

뭐 옮길 곳을 알고 보는 것은 좋지만 대한민국이란 데가 참 신기하다. '당신 때문에 내가 그만뒀소'라는 원망을 듣기 싫어서일까? 책임질 일이 생길까 봐 그런가? 명확히 퇴사자 신분이 되어야 비로소 제안을 하는 기업담당자도 상당히 있다. 진짜 그만두고 싶다면 옮길 곳을 찾는 것보다 옮길 힘을 기르는 게 차라리 낫다는 걸, 퇴사 후 반년 정도 백수(는 아닙니다. 애들을 키우고 살림도 했으니)로 있으면서 느낀 짐이냐. 내가 옮길 힘이 있냐? 확신이 없다면 실패하더라도 감수하겠다는 '리스크 테이킹(Risk Taking)'이라도 해야 하고.

유명 리더십 컨설턴트인 론 카루치는 "긍정적인 추천서를 못 받을 수도 있고 더 심하게는 상사가 자기 조직의 이미지를 지키기 위해 나를 험담할 수 있다. 또 그만둔 사람이니 허물을 뒤집어씌울 수 있다"라고 했다. 요는 '나를 좋아하지 않을 수는 있지만, 앙심을 품지는 말게 하라.'

모든 고민이 끝났다는 가정하에 상사에게 퇴사를 고하는 모범 답안을 하나 공유하겠다.

> "심사숙고 끝에 제 경력이 다음 단계로 넘어갈 때가 됐다는 결론을 내렸습니다. 그래서 인수인계를 최대한 원활하게 하는 방법을 상의하고 싶어 미리 말씀드립니다."

덧붙이자면 이 마지막 자리는 협상하는 자리가 아니다. 번복하지 말아야 한다. 말 바꿀 것 같으면 더 고민해야 한다. 나도 말하고 나니까 폭탄이 터졌구나! 이젠 모든 게 운명이다! 싶었다. 다만 용기가 나지 않아 자꾸 하루 이틀 미루게 되긴 했다. 10여 년을 다닌 회사지만 눈치 보이고 미안하고, 혹은 일찍 사직서 냈다가 외부인 취급 받으며 어색해질까 봐 그랬다. 하지만 갑작스럽게 통보하고 안 나타나는 것은 남들 관둘 때 보니 좋지 않았다.

최소 2주 전? 그 정도가 심리적 마지노선인데, 왜냐하면 갑자기 나의 업무가 공백 상태에 빠지면서 관리자와 동료가 궁지에 몰릴 수도 있기 때문이다. 자칫하면 오랜 기간을 다녀놓고 뒤통수로 욕먹을 일이 생길 수도 있다. 여기서 다시 한번 '나는 프로다'를 되뇔 타이밍인 거다. 물론 내가 관둬보니 내가 없어도 회사는 어찌저찌 잘 돌아간다.

사직서를 내고 나서는 주로 인수인계를 돕는 절차에 들어가는데 나의 경우 프로그램을 많이 하던 게 아니라서 복잡하진 않았다. 그래도 마지막 녹화장에 꽃을 들고 함께 사진 찍어주신 선배들, 송별회를 마련해준 동료들 하나하나 다 기억이 남는다. 오랜 세월 회사를 다녔지만 진짜 회사 호적에서 내 이름이 지워지기 직전까지, 마지막을 챙겨준 동료는 평생 잊히지 않는다. KBS인으로서 나는 끝났지만 퇴사 후에도 친구, 조언자로서 인연을 잇는 사람들도 많다. 오히려 회사 다닐 땐 서먹했는데 그만두고 더 자주 왕래하는 동료도 있으니까. 사실 KBS라는 같은 회사 출신이기만 해도, 누군지도 모르는 사람을 우연히 만나도 반갑긴 하다. 그게 회사 생활인가 보다.

3

혼자라는 생각이 들 때 찾아온

내 마음만 다잡는다고 풀리는 건 아니니까.

방송 커리어를 이어갈 수 있도록

나를 지탱해준 사람, 습관, 그리고 추억

10시 5분, 시청해주셔서 고맙습니다

외할머니는 참 고왔다. 서른도 되기 전에 남편이 세상을 떠나고 독수공방하며 홀로 5남매를 키웠다. 하지만 원래부터가 미인이라 그런지, 나이 들어도 귀티가 났다. 어린 마음에도 할머니 손을 잡고 나가면 참 자랑스러웠다. 외할머니도 책을 술술 읽어대는 세 살배기, 영특한 외손녀 자랑이 삶의 기쁨이었다.

영화 〈집으로〉의 상우는 외할머니가 그저 싫기만 했다. 먼지 폴폴 나는 시골길을 걸어 만난 외할머니. 세상엔 세련되고 멋진 할머니도 많은데? 외할머니 등은 꼬부라지고 머리는 하얗다. 귀마저 멀어 말도 안 통하니 답답했겠지. 프라이드치킨 달라는데 닭백숙 해오는 할머니. 짜증 내는 손자를 보며 외할머니는 얼마나 난처했을까.

나도 어릴 땐 새우깡을 사달라고 그 고운 외할머니를 그렇게도 괴롭혔단다. 낮엔 순하다가도 밤만 되면 "새우깡 사줘!!! 새우깡 사줘!!" 십안 떠나기리 보채는 나를 돌보는 건, 동생을 가져 배부른 엄마 대신 외할머니 몫이었다. 한 손에 새우깡만 들려주면 울음을 뚝 그치는 나. 그땐 24시간 운영하는 편의점이 있을 리 만무하니, 제주도 어둑어둑한 동네를 나서 문 닫지 않은 구멍가게를 찾아 나 섰단다.

조금 크고 나서는 골탕도 먹였다. 외할머니는 잘 때 코를 골았 다. 왜 사람은 나이를 먹으면 코를 고는가? 어린아이 눈에 코 고는 할머니는 거대한 탱크 같았다. 잠 못 자겠다고 철없이 할머니 코를 확 막아버린 적도 있다. 초등학교 3학년 때였나, 한번은 동생과 작 당을 했다. 남매가 세상에서 가장 시끄러운 소리로 코 고는 흉내를 낸 다음, 카세트 플레이어에 테이프를 넣고 녹음 버튼을 눌렀다. 그 러고는 "할머니! 이거 할머니 잘 때 내는 소리야!"라며 가족들 앞에 서 플레이 버튼을 눌렀다. "어마마! 내가 이렇게 시끄럽게 코를 곤다 고?" 순진한 외할머니는 얼굴이 새빨개지도록 당황했다. 동생과 나 는 할머니 놀리는 재미에 배꼽을 잡았고.

에어컨은 없던 시절이었다. 어느 여름, 더워 축 늘어진 나는 마 루에 맨 등을 붙이고 누워있었다. 할머니는 머리를 쓰다듬어주기도 하고 부채질도 해주었다. 어쩌면 얼굴도 하얗고 몸이 길다며 어른이 되면 꼭 미국인 같을 거라고 중얼거리셨다.

나는 퍼뜩 이상한 생각이 들었다.

"할머니, 할머니는 언제 죽어?"

참 철도 없다.

"우리 손녀가 어른 되는 거 보고 죽지."

"어른? 그러면 할머니는 내가 스무 살 되면 죽겠네?"

"무슨 소리야. 우리 손녀가 결혼하고 아기 낳는 거까지 보고 죽어야지."

다섯 살 나는, 스무 살이면 엄청 어른인 줄 알았다. 그리고 당연히 내가 어른이 되면 지금 어른들은 다 없는 줄 알았다. 그 나이에 죽음이 뭔지 알 턱이 있나?

어린 시절 열병에 걸려 목숨이 왔다 갔다 했던 때가 있었단다. 우리 아빠는 엄마한테 뭐가 꽂혔는지 대학을 졸업하기도 전에 결혼을 했다. 서른 넘어 부모가 된 나도 절절맸는데 완전 애들이 애를 낳은 거다. 갓난쟁이 딸을 두고 아빠는 군대에 갔고, 엄마는 혼자 제주도 외가에서 나를 키웠다. 요즘이야 서귀포 곳곳에 도로도 뚫리고 관광지가 됐지만, 그때는 전화도 귀하고 큰 병원 있는 제주시로 나가는 일도 쉽지 않던 시절이다. 어린 엄마는 열이 펄펄 끓는 딸을 들쳐업은 채 절절맬 수밖에 없었다. 외할머니는 그때 채 익지도 않은 감귤을 시장에 내다 팔았다. 엄마는 달랑 하나 있는 작은 결혼반지마저 팔았다. 그렇게 병원비를 마련한 두 여자 덕분에 난 지금도 세상에 살아있다.

아홉 살 때 상패안테 돈을 뜯긴 적이 있다. 지금 생각해보면 고작 나보다 두 살 위인 남자아이인데, 걔는 그 나이에 벌써 비뚤어진 건지, 난 또 뭐가 무서웠는지 바로 집 앞에서 돈을 뜯겼다.

분명 맑을 때 심부름을 나왔는데 갑자기 비가 쏟아지고 천둥벼락이 치는 바람에 공포영화 같은 분위기였다. 면도칼을 들고 구석으로 밀쳐진 탓에 덜덜 떨었다. 우유를 배달하는 아주머니가 멀리서 비옷을 입은 채 바라보기만 하고 도와주진 않았다. 나중에 물으니 해코지할까 봐 지켜보기만 했다고 한다. 경찰에 신고라도 해주지…. 아, 그 때는 휴대전화가 없으니 공중전화로 갔어야 했구나. 어릴 때는 왜 안 구해주나 원망했는데 어른이 되고 생각해 보니 도망가지 않고 날 지켜봐준 것이 그분으로선 최선이었을 수도 있겠다.

아무튼 그 아이는 돈을 챙기자마자 도망가고 한참을 비 맞은 채 젖은 쥐처럼 떨다가 있는 힘껏 대문을 두드렸다. "엄마! 엄마!" 이상하게도 그날은 대문 초인종까지 고장이 났다. 심리적인 시간으로 한 시간 정도는 흐른 듯하다. 쏟아지는 빗줄기 속으로 엄마와 외할머니 모습이 보이던 순간 나는 그대로 기절하고 말았다.

요즘 뉴스를 보면 학교폭력이다 성범죄다 해서 훨씬 끔찍한 일들이 많다. 만약 그날 그 남자아이가 혼자가 아니었다면, 또 11살이 아니라 더 나이가 많았다면 어땠을지 모르겠다. 사실 우리 때는 아이들이 혼자 다니기도 하고 어른 없이 우르르 골목에서 놀기도 했는데. 아무튼 초등학교 2학년인 나는 누가 나를 면도칼로 위협했다는 것 자체가 공포였다. 비 오고 천둥 치는 분위기에 더 짓눌렸다.

밤마다 무서움에 떠는 날 외할머니는 몇 달이나 꼭 안고 함께 잤다. 한동안 나는 몽유병 증세까지 보였다. 경찰에 신고했지만, 어린 아이라 그런지 시큰둥해하자 외할머니와 엄마는 대단한 일을 벌인다. 두 분이 직접 근처 모든 초등학교를 돌아다니며 그 아이를 잡아내기로 한 거다. 내가 그 아이의 인상착의를 정확히 기억했기에, 두 분은 여름 내내 모든 초등학교를 돌아다니면서 한 아이를 특정했고 그 아이 집까지 찾아갔다. 부모님은 안 계시고 할머니랑 산다던 그 아이 집 마당엔 내가 말했던 줄무늬 티셔츠가 빨랫줄에 걸려 있었다고 한다. 말이 초등학생이지, 잡고 보니 동네 비뚤어진 형들과 본드까지 불고 다니던 아이라 두 가녀린 여자들이 대단하다고밖에 말할 수 없다. 지금은 나도 엄마지만 그렇게까진 못할 것 같은데…. 엄마는 정신이 반쯤 나간 채 누워만 있는 딸을 보니 도저히 가만있을 수 없었다고 한다.

그 뒷이야기는 자세히 하지 않겠다. 아무튼 나는 그 남자아이가 맞는지 대질을 하게 됐는데 내가 "맞다"라고 하자, 그 아이는 눈을 부라리며 쌍욕을 해댔다. 옆에 있던 아빠가 버럭 소리지르고 나서야 움찔했는데 그것도 그 시절이니 가능한 일이었으리라. 경찰에 신고했지만, 너무 어린애라 소년원에도 보내지 못했다고 들은 것 같다. 뉴스에서 '촉법소년'이라는 단어가 나올 때마다 그 아이 얼굴이 생각난다.

만약 그 아이가 그때 일을 계기로 마음을 바로잡았으면 좋았을 텐데, 훗날 나는 TV에서 어른이 된 그 아이가 ― 난 이름을 정확히 기억하고 있다 ― 가정파괴범이 되어 공개수배되는 장면을 보게 됐다. 웬 가정집에 침입해 주부를 가족들 앞에서 성폭행하고 강도짓까지 한 끔찍한 사건이었다. 자식들이 집을 나가 혼자 손자들을 키운다던 그 집 할머니가 옆에서 용서해달라며 울던 모습이 지금도 기억이 나는데, 결국 그 아이는 비뚤어진 어른이 되고 말았다.

내가 트라우마를 극복하는 데에는 시간이 좀 더 걸렸다. 자라 보고 놀란 가슴 솥뚜껑 보고 놀란다고, 나는 집 밖으로 한동안 나가지 못했다. 비 맞은 통에 열이 펄펄 끓던 그해 여름이 지금도 기억이 난다. 조심스레 피아노 학원에 다니는 일에서부터 외출을 할 때 외할머니는 내 손을 꼭 잡고 다녔다.

손자가 잘 때까지 한참을 기다리다 이불을 덮어주던 〈집으로〉의 상우 할머니도 똑같은 마음이었을 거다. 비뚤어진 손자를 용서해달라며, 혼자서 키워 부족했다고 우시던 그 아이 할머니도 마찬가지였을 거다. 사람만 보면 숨어버리던 어린 날 꼭 안아주던 우리 할머니도 그랬겠지. 외할머니 모습이 눈에 선하다. 내겐 할머니가 수호신 같았다.

언젠가 호호백발 〈집으로〉의 상우 할머니가 돌아가셨다는 소식을 접했다. 영화를 본 사람들이라면 자신의 할머니를 떠올렸을 것이다.

외할머니가 돌아가시던 날이 생각난다. 많이 아프셨다. 손녀가 방송사 아나운서가 된 걸 좋아하시던 외할머니, 입사하고 몇 년이 지나서야 〈가요무대〉라도 보여드려야겠다는 생각이 났다. 그런데 서울로 오시자마자 시름시름 앓으시더니 〈가요무대〉는 무슨, 급체라며 병원 신세부터 지셨다. 그랬다가…, 위암 말기 판정을 받았다.

병원에서는 곧바로 응급 수술에 들어갔다. 늘 강했던 우리 할머니, 늘 괜찮다고 하던 우리 할머니, 그런데 수술을 끝낸 할머니를 보러 갔을 때 할머니는 너무나 몸이 춥다고, 이까지 딱딱 부딪힐 만큼 떨고 있었다. 이제 와 생각해보니 좀 화도 난다. 수술을 마치고 회복실에 계실 때 에어컨이 좀 셌던 모양인데, 얇은 이불로만 덮어뒀나 보다. 마취가 풀려가며 누구 없나요, 여러 번 불렀지만 한참을 혼자 있었다고 한다. 어찌나 마음에 남았는지 훗날 내가 둘째를 제왕절개로 낳던 날도 의료진에게 회복실에 갈 때 꼭 담요를 여러 겹 덮어달라고 신신당부했다. 수술하면 무조건 추운 건 줄 알고.

어린 시절 수호신 같던 할머니는 힘없고 약한 노인이 돼 병원 침대에 누워있었다. 사이사이 입원실을 찾을 때마다 몸을 여기저기 주물러 드렸다. 내가 아는 할머니는 분명 '힘든데 이제 그만해도 된다'고 할 분인데, 계속 주물러 달라고, 네 덕에 몸이 풀린다고 좋아하셨던 기억이 난다.

할머니는 가시는 날까지 수술 결과가 안 좋다는 걸 모르셨다. 아버지 암 치료받을 때 보니 지금은 온갖 기계로 암이 얼마나 번졌는지를 미리 알 수 있는데, 그때는 속을 열어보고 나서야 방법이 없다는 걸 알았다. 의료진은 아무 처치도 하지 못하고 그대로 덮어버렸다. 할머니는 가끔 병원에 가도 그저 연세가 많아서 가나 보다 하셨다. 약국에서 타는 약은 어떤 치료 효과가 있는 게 아니라 그냥 마약성 진통제였다. 이미 할 수 있는 게 없었다.

막내딸인 엄마는 그때 바로 할머니를 서울 우리 집에서 모시지 못한 것을 지금도 후회한다. 사시던 곳이니까 제주도가 편했겠지만, 엄마에게도 엄마니까. 단 하루라도 함께 하고 싶지 않았을까.

나이가 많다고 아픈 게 덜 아프거나 덜 슬픈 건 아니다.

소중하지 않은 생명은 없다. 누구나 한 사람이 사라져간다는 건, 사랑하는 사람들에겐 슬픈 일이다. 그래선지 나는 지금도 연세 많은 어르신이 돌아가셔도 상가에서 '호상'이라는 말은 하지 않는다. 우리 할머니, 마지막까지 편하게 살다 가셨으면 좋았을 텐데…. 젊은 시절 고생만 하다가 살 만하니까 죽을 날을 받으신 것 같다.

나이가 들면 혈관이 늘어져 주삿바늘 꽂기 힘들다는 것도 그때 알았다. 주사에 수도 없이 찔리고 나서야 겨우 하루를 버텼던 할머니. 여기저기 멍든 팔다리를 볼 때마다 가슴이 저릿했다. 요즘이었으면 좀 덜 아프셨을까. 몇 년 전 아버지가 암에 걸리셨단 걸 알았을 때는 그래도 좀 더 좋은 치료법, 좀 덜 아픈 치료법을 찾을 만큼 나도 경험이 쌓였는데, 그땐 나도 아무것도 몰라 그냥 병원에서 하란 대로만 한 게 마음 아프다.

할머니가 마지막을 향해 달려가던 시간, 손녀는 9시 뉴스를 맡은 지 얼마 안 돼 무척 바빴다. 그러던 어느 날 외할머니가 응급실에 또 실려 가셨단 얘기를 들었다. 나는 더 이상 늦출 수 없었다. 외할머니를 만나러 '집으로' 갔다. 어린 날 돌봐주러 비행기를 타고 서울로 올라오시던 할머니처럼. 어쩌면 마지막이 될지도 모를 만남을 위해….

늘 전화로 "할머니! 보러 갈게!" 하면 "바쁜데 오지 마라" 하던 분이었다. 하지만 웬일인지 그때는 "언제 오냐?"고 물으셨다. 병실에 도착했을 때 두 눈을 의심했다. 오늘내일한다던 분이 손녀딸 왔다는 소식에 벌떡 일어나 버선발로 뛰어나오시는 거다. 그리고 병실에서 손녀를 자게 할 수 없다며 부득부득 '집으로' 가자, 하셨다. 환자라더니, 아무것도 못 삼켜 수액으로 버틴다더니, 나를 본 할머니는 밥 두 공기에 김치까지 얹어 드셨다. 죽조차 토해냈던 이야기를 믿을 수 없을 만큼…. 힘이 어디서 나는지, 80대 위암 말기 노인은 밤새도록 손녀와 도란도란 이야기를 나누었다. 어린 시절 할머니 무릎을 베고 할머니 녹소리에 잠이 들던 그때고 돌이간 느낌마저 드는 순간, 십여 년이 흘렀지만 바로 어제 일처럼 기억이 난다.

슬픈 예감은 틀린 적이 없다. 그것이 나와 할머니의 마지막 만남이었다. 한 번쯤은 더 만날 줄 알았는데 그대로 끝나 버렸다. 세상 사람 모두가 김수환 추기경의 선종을 말하던 그 날, 세상 사람들이 알지 못하는 여인은 눈을 감았다. 내가 본 대로라면 10년도 거뜬히 살 것 같았는데, 그대로 눈을 감으셨다. 진눈깨비 날리던 날이었다. 할머니 손을 잡고 성당을 다니던 겨울이 생각났다. 내 손을 잡아주던 할머니, 추기경이 혹시 이 가없은 여인의 손도 함께 잡고 떠나주신 걸까.

나는 외할머니가 운명하신 시간을 듣고, 눈물을 쏟을 수밖에 없었다.
밤 10시 5분.

병실에서 할머니의 최고 자랑은 내가 KBS 9시 뉴스 앵커가 됐다는 거였다. 제주도에서 태어난 비바리가 서울 방송에 나온다는 건 할머니로선 엄청 뿌듯한 일이었을 테지. 나를 늘 자랑스러워하던 외할머니.
사람은 운명할 때 가장 마지막까지 청각이 열려 있다고 한다. 눈이 멀고 말을 하지 못해도 숨이 끊어지는 순간까지 귀만 들린다는 것이다. 거친 숨을 몰아쉬며 점점 이승의 강을 건너려 할 때 외삼촌과 엄마는 할머니 귀에 속삭였다.

"사랑하는 엄마, 편히 가세요. 조금만 있으면 수빈이 뉴스 합니다. 어머니 듣고 가세요…."
할머니는 "시청해주신 여러분 고맙습니다"라는 나의 마지막 멘트를 귀로 듣고서야 세상을 떠나셨다.

처음 암 판정을 받았을 때, 의사는 두 달을 못 넘길 거라고 했다. 하지만 외할머니는 당신이 죽을 날 받은 줄도 모르시고 1년 가까이 더 사셨다. 암 판정을 받고 얼마 안 돼 내가 9시 뉴스 앵커가 됐으니, 사람들은 밤 9시마다 손녀딸 뉴스를 보는 재미에 더 사셨다고들 이야기했다. 일찍 주무시던 분이 어떻게든 9시부터 10시까지 꼭 9번에 채널을 고정하셨다고. 오늘 뉴스를 보고 나면 내일 뉴스를 기다리는 재미로 하루하루를 버티셨다는 얘기다. 그렇게 매일이 쌓여 1년여가 되었다. 결국 내가 외할머니에게 마지막 한 말은 TV 뉴스 클로징 멘트인 "고맙습니다"가 되고 말았다.

"할머니는 내가 어른이 되면 죽어?"
"우리 손녀가 결혼하고 애기 낳는 것까지 보고 죽어야지…."

가끔 날 똑 닮은 아늘딸이 소살대는 걸 보면 외할머니 생각이 난다. 우리 아이들을 보면 정말 좋아하셨을 것 같아서…. 스무 살이 되면 엄청 어른인 줄 알았던 나. 비보를 들은 순간, 이상하게도 다섯 살 할머니와 '죽음'을 이야기했던 그 날의 대화가 떠올랐다.

"아나운서가 되고 언제가 가장 보람됐나요?" 하는 질문을 받곤 한다. 글쎄, 일을 하다가 뿌듯했던 순간도 그것이 일상이 되어버리면 갯바위에 부딪히는 파도처럼 순식간에 날아가 버린다. 그렇지만 우리 할머니 세대는, 특히 제주도에서 한평생을 산 할머니는 TV에 나오는 게 특별한 일 아니었을까. 게다가 스마트폰이 등장하기 전까진 저녁 시간이면 삼삼오오 모여 뉴스를 보는 게 사람들 일상이었다. 내가 꿈을 이룬 모습을 보고 가셔서, 또 멀리 있어도 매일 얼굴을 보여드릴 수 있어서, 그 순간이 가장 보람됐다고 말하고 싶다. 비록 5살 때 약속한 대로 시집가고 아이 낳는 모습까진 못 보셨지만 그래도 할머니 마지막 기억 속에 나는 '꿈을 이룬 모습'이었을 테니까. 할머니 기억 속에 나는 좋은 모습이었을 테니까.

언젠가 세월이 많이 흐르면 하늘나라에서 외할머니를 만날 수 있을까? 그렇다면 철없는 아이로 돌아가서, 할머니 젖무덤을 만지며 잠에 빠져들고 싶다. 그리고 꼭 말하고 싶다. 화면 속에서만 전했어야 했던 이야기. 어린 나를 보듬어주던 할머니, 정말 나를 지켜봐

주어 고마웠다고. 보고 싶었다고.

사랑한다고.

가지뛰김

청춘, 어른아이가 진짜 어른이 돼야 하는 시기이다. 그렇다면 내 청춘은 언제 끝이 났을까. 엄마가 됐던 순간이라고 생각한다. 내 안에는 새로운 아이가 들어왔고 나는 그 아이를 책임져야 했다.

"배 속 아기는 엄마 하나만을 믿고 나오는 거잖아."

임신은 축복이고 기쁘고 행복한 것인 줄만 알았다. 그런데 아마도, 내 인생에서 가장 힘들었던 시기가 그 열 달이기도 했다. 갑자기 집안을 흔들었던 태풍, 산후우울증이 아니라 산중 우울. 작고 하얀 곰 두 마리가 집으로 배달 오는 꿈을 꿨다. 꿈속의 나는 무척 행복했다. 남편도, 가족들도 다정했다. 모든 것이 완벽했다. 꿈에서는 말이다.

서른셋은 어른이지만 엄마가 처음이라, 두려움이 컸다. 태교에만 온전히 공을 들일 여건이 아니었다. 아무 일도 없는 것처럼 꾸역꾸역 회사를 나갔고 잠이 들었다. 슬프거나 기쁜 꿈을 꾸고 눈을 떴다. 그러면 천장이 눈앞까지 무겁게 내려와 있다.

가끔 TV에서 자신이 힘들었던 시절을 고백하는 사람들을 보면, 참 대단하다. 나는 지금 책을 쓰면서도 내가 왜 얼마나 힘들었는지는 굳이 자세히 쓰지 않으려고 한다. 사람들 앞에서 슬픈 이야기를 굳이 꺼내는 것은 도움이 되지 않는다고 생각하고, 무엇보다 내겐 그럴 용기가 없다. 누군가는 그 이야기를 들으며 안쓰럽다, 그런 힘든 일을 극복했구나, 박수쳐 줄 수도 있겠다. 하지만 나는 나만의 방식으로 인생의 슬픔을 견디려고 애썼다. 영원히 긴 터널이 끝나지 않을 것 같았지만 지금은 괜찮고, 남편, 두 아이와 행복하게 잘 살고 있다는 결말로, 어떤 슬픔도 나를 더 이상 짓누르지 않는다는 것만 말해두고 싶다.

아무튼 힘든 시절을 견디기 위해 할 수 있는 것을 다 했다. 신앙심이 깊은 편이 아니었지만, 아이를 가졌다는 소식을 듣자마자 교회를 나갔다. 새벽기도, 점심기도, 철야기도 하루에 세 번씩. 사람이 힘이 들면 마지막에는 신밖에 매달릴 데가 없다더니 내가 딱 그러했다. 다행히 좋은 여자 목사님이 다잡아 주셨다. 견디기 위해 성경책을 필사했다. 힘들 때는 심리전문가의 도움도 받았다. 아이가 건강하게 태어날 수 있도록 애를 썼다.

여의도공원 앞 친정집에 가면 1층에 자주 가는 생선구이 집이 있었다. 물 몇 모금 삼키는 것도 매우 힘든 시절이었지만, 애써 그곳을 찾은 것은 생선이 아니라 가지튀김 때문이었다. 그 집은 생선구이를 하나 시키면 반찬을 테이블 가득 쫙 깔아주는데, 특히 사시사철 내 오는 가지튀김이 괴로움의 순간들을 잊게 했다.

물컹한 식감 때문에 가지를 좋아하진 않았다. 그런데 그 집 가지튀김은 오묘했다. 치아로 바삭하게 겉껍질을 으스러뜨리고 나면 순간 고소한 즙이 입안에 가득 찼다. 간장과 물엿이 살짝씩 들어가 단짠단짠한 맛은 아기 낳을 날만 기다리는 나를, 실컷 슬퍼할 수도 없고, 커피나 술로 마음을 달랠 수도 없는 나를 다독여주었다.

엄마가 된다는 건 무엇일까. 천사는 아무 계획 없이 결혼생활에 찾아왔다. '어쩌다 어른'이 아니라 '어쩌다 엄마'였다. 남편이 운전하는 차 뒷좌석에서 나는 아이를 꼬옥 안고 산후조리원을 몇 주만에 나와 집으로 향했다. 한동안 조리원 방에만 있다 나오니, 세상이 처음 본 것같이 낯설었던 기억이 난다. 감옥을 나와 보는 세상이 그럴까? 처음부터 나는 그 세상 속에 존재한 적이 없는 것 같았다. 임신 기간 내내 우울에 시달렸던 나였기에, 갑자기 주어진 엄마라는 역할도 그 세상처럼 낯설었다. 두 시간마다 깨는 신생아를 홀로 돌보던 첫날은 완전히 멘붕에 빠져 버렸다. 내 정신도 추스르지 못하던 시절, 한 아이를 책임질 수 있을까, 극기 훈련 같은 이 상황을 버틸 수 있을까. 자식을 잘 키우고 싶은 어미의 본능보다 내가 할 수 있을까, 두려움이 앞섰다. 무엇보다 임신하자마자 겪었던 감정의 태풍에, 온전한 정신이 아니었다.

겉으로 내색하진 않았지만 짙은 그림자가 상당한 기간 내 마음 한편에 드리워 있었다. 다만 아이가 자라고 있기 때문에 애써 버티면서 삶에 충실하려 했다. 배부른 내가 철야기도를 갔던 날 함께 임신했던 친구가 해주었던 말이 생각났다.

"배 속 아기는 엄마 하나만 믿고 나오는 거잖아."

나는 엄마니까, 무너지지 않으려고 애썼다. 애한테는 내가 세상의 전부일 테니까. 그런데 웃기지, 아이가 나에게 의지한다기보다는 내가 아이에게 의지한다는 게 맞았으니. 아마 나에게 아이가 없었다면 견디지 못했을 것이다.

친한 친구가 결혼을 하고, 곧바로 아이를 가진 건 1년쯤 후였다. 정말 아끼는 친구라, 우리 아이에게도 비슷한 또래 친구가 생기겠구나, 정말 기뻤다. 육아 동지에게는 전우애마저 느낀다. 우리가 그랬던 것처럼 아이들도 사이좋게 지내겠지, 오랜만에 세상과 연결되는 느낌이 들어서 참 좋았다.

친구 아이의 삶이 불행한 사건으로 갑작스레 끝났다. 그녀의 결혼생활마저 끝나버리기까지도 오래 걸리지 않았다. 아무리 친구라도 정확히는 타인의 일이다. 하지만 10년 가까이 흐른 지금도 내 일같이 충격적이고 가슴 아프다. 친구는 아이가 하얀 나비가 되어 날아가는 꿈을 꾸었고, 나는 꿈에서 친구를 닮은 여자아이를 만났다. 꿈에서 깨니 또 천장이 눈앞까지 무겁게 내려앉았다. 가슴에 손을 얹고 나도 작은 생명을 살리려 무던히 애썼다. 그러나 허사였다. 친구와 함께 울었고, 내 친구는 죽지 못해 하루를 시작했다.

어느 밤엔 갑자기 동창의 부고가 날아왔다. 학교 때 똑똑하고 인기도 좋은 친구였다. 건너 건너 좋은 직장에 취직했다는 얘기까지만 들었지, 어른 되고 만난 일은 없었다. 막연히 잘 살고 있으리라 생각했는데 삼십대 초반에 장례라고? 퇴근한 남편에게 잠든 아이들을 부탁하고는 장례식장으로 향했다.

얼굴 보기 힘들었던 동창들이 한자리에 있었다. 그들 사이에서 어슴푸레 이야기를 들었다. 밝고 똑똑했던 친구는, 한 남자와 사랑에 빠져 결혼식을 올렸지만 무슨 이유에선지 금세 헤어졌다고 한다. 장례식장 게시판에 상주는 동생이었고 '자'라며 아들 이름이 올라가 있었지만, 남편으로 보이는 사람은 없었다. 아들 성이 친구 성과 같은 걸 보니, 아빠 쪽과 인연을 끊고 산 건 아닌지 모르겠다. 아무튼 출산하고 힘들었던 친구는 육아휴직 끝에 복직을 하고 다시 직장에서 승진도 하며 꿋꿋이 아들을 키웠다고 하는데, 스트레스가 컸나 보다. 갑자기 급성혈액암에 걸렸고 한 달 만에 어린 아들을 두고 세상을 뜬 상황이었다.

사진 속 친구 모습은 고등학생 때처럼 밝고 화사했다. 친구 아들이 내 딸과 나이가 같다. 혼자 속으로 가늠해 보니, 이 친구가 나와 비슷한 시기에 임신했을 테고 그때부터 힘들었을 것 같다. 한 번쯤 연락해서 만날 수도 있었을 텐데, 짠했다. 나만 힘든 줄 알았는데 얘도 그랬네. 사는 게 얼마나 힘들었으면 몹쓸 병이 급행열차를 타고 왔을까. 창창한 딸이 떠난 충격에 친구 어머니는 제대로 서 있지도 못했다. 아들은 지금 누가 돌보고 있을까. 어린 아들 걱정에 눈은 잘 감았을까. 걔가 어디서 뭘 하는지는 알고 있었는데, 연락하고 살았더라면 아들 안부라도 물었을 텐데.

두 친구의 불행은 엄마로서 나를 단단하게 만들었다. 사람은 영원히 살 것처럼, 눈앞에 닥친 불행에 영혼을 갉아먹고 소중한 '지금'을 날려 먹는다. 나 역시 불행이 닥치자 긴 터널이 도대체 언제 끝날지만 헤아리고 있었다. 아이는 나 하나만 믿고 태어난 거니까, 열심히는 키웠지만 이쁜 아이의 모습을 보면서도 수년을 시달린 내 마음의 그림자가 더 컸던 게 사실이다.

하지만 어떤 상황에서도 엄마는 아이를 지켜야 한다는 것과 절대 아프지 말아야 한다는 다짐을 하게 됐다. 그때까지 나는 마음의 병이 깊어도 그저 꾹 참으면 된다고만 생각했다. 그런데 그게 급기야 급성 암으로 이어졌던 친구의 장례를 보게 된 것이다. 그냥 참는 것만으로는 안 된다. 정말로 행복해야 한다. 이렇게 마음만 앓다가 아이 혼자 덩그러니 남겨놓고 떠나야 한다면 얼마나 마음 아픈 인생인가, 안타까웠다. 엄마는 아플 수 없다. 엄마는 불행해서도 안 된다. 엄마이기만 해도 감사하다.

아이를 먼 곳으로 보냈던 친구는 방황 끝에 이민을 택했다. 언제나 밝고 당당했던 내 친구, 괜찮은 척 애썼지만 마음속이 이미 조각나 있음을 알아챘다. 세상을 떠난 아이도 가여웠고 살아남은 내 친구도 가여웠다. 함께 엄마가 될 줄 알았지만 내 친구는 더 이상 엄마일 수 없었다. 한국을 떠나면 다 잊고 좋은 사람도 만나라고, 이제 아이 이야기는 서로 하지 않기로 묵언의 약속을 했던 그 날, 우리는 친정집 1층 생선구이 집에 갔다. 나는 가지튀김을 집어 먹었다. 바삭한 튀김옷을 치아가 으스러뜨리는 순간 가지의 물컹한 즙이 눈물처럼 터져 나왔다.

딸아이는 커갔다. 그새 둘째도 컸다. 해외에서도 친구는 가끔 딸의 선물을 챙겨주었다. 내 딸도 자신의 딸이라고 편지에 썼지만 사실 그런 일은 있을 수 없다. 점차 안부를 묻는 일도, 딸의 생일을 챙기는 일도 뜸해져 갔다. 세월은 점점 지나갔고 우리는 정말로 더 이상 한때 엄마였던 친구의 이야기를 하지 않는다. 너무 아픈 이야기는 배 속에서 꺼내는 칼 같아 건드리지 않는 것이 좋다. 가끔 갑자기 세상을 떠난 동창의 아이도 생각한다. 우리 아이와 같은 나이구나, 엄마 없이 잘 자라고 있을까. 그 이쁜 아이를 보지 못하는데 어떻게 눈이 감겼을까 혼자 되뇌어보곤 한다.

며칠 전 정말 오랜만에 생선가게에 갔다. 엄마인 내가 두 아이를 데리고 나의 엄마와 함께였다. 가지튀김은 여전했다. 무거운 배를 안고 뭐라도 먹기 위해 들렀던 식당, 바삭한 튀김옷을 씹으며 세월이 참 많이 흘렀음을 느낀다. 감사하게도 나는 여전히 엄마다. 배 속에 있을 때도 도무지 어떤 모습일지 상상이 가지 않던 아이들이 내 눈앞에 있다. 나처럼 가지튀김이 제일 맛있다고 했다. 나만 믿고 세상에 태어났을 아이들, 이제 내가 믿고 살아가는 존재들이다.

매일같이 울던 예비 엄마는 아이들을 키우고 일련의 사건을 겪으며 많이도 단단해졌다.

이제 나는 아프지도 불행하지도 않다. 엄마로만 살 수 있어도 누구보다 행복하다는 걸 깨달았기 때문이다. 엄마란 이름을 청춘과 바꿨지만 말이다.

"엄마, 아이들이 정말 많이 컸네. 예전에는 임신했을 때 나 혼자 먹던 가지튀김을 이제는 같이 먹네. 그땐 상상하지 못했던 일인데.

이렇게 좋은 날이 올 줄 일있다면 울지 않았을 텐데."

엄마인 내가 나의 엄마에게 이야기했다.

인생이 힘들 때 빠져나오는 법

살다 보면, 도저히 페이스가 유지되지 않을 때가 있다. 우울과 울화의 포로가 된 느낌이라고 할까. 나도 당연히 그렇다.

나를 '아쉬울 게 없는 여자'라고 오해하는 사람들도 있다. 겉으로 봤을 때야 남들 좋다는 학교 나와 취직했고 큰 탈 없이 가정을 지키고 있다. 요즘에야 다행히 연령이 좀 올라갔지 예전 같았으면 내 나이에 아나운서로서 활동하기도 사실 쉽지 않았을 텐데, 감사할 따름이다.

그러나 사람이라는 게 '뚜껑을 열어보면' 인생이 엇비슷한 부분이 있다. 아쉬울 게 없어 보이는 사람들, 우리가 부러워하는 사람들에게도 힘들고 우울한 순간은 있다. 존재의 근원적 슬픔? 암튼 마땅한 이유가 있든 없든 사람은 우울로부터 자유로울 수 없는 존재인 것 같기도 하다. 다만 살다 보니 이건 알겠더라. 자신의 힘든 점을 공개적으로 밝히는 게 꼭 좋은 것만은 아니라는 것. 어릴 때야 어린 마음에 구구절절 SNS 같은 곳에 내 심경을 밝히기도 했지만, 어느 순간부터는 '내가 힘든 걸 남들에게 알릴 필요가 없다'는 걸 자연스럽게 체득하게 되더라. 그러다 보니까 방송을 비교적 오래 하면서도 개인 생활에 대해선 꼭 필요한 정도만 보여주려고 한다.

자신이 힘들었다는 사실을 공개했을 때, 그 순간엔 사람들이 박수를 보낼지 모른다. 힘들었냐고, 그걸 이긴 당신이 참 대단하다고 말이다. 그런 착한 마음의 소유자들도 사실 있다. 뭐, 털어놓은 상대방이 친할 때는 대개 괜찮다. 그런데 상황에 따라 오히려 공격의 빌미가 되거나 뒤통수를 맞을 수도 있다는 걸 알아야 한다. 사실 대다수는 남의 일에 무관심하기도 하고.

그래서 가급적 '나 힘들다.' 이런 얘긴 안 하려고 한다. 힘들다고 하질 않으니 아쉬울 게 없어 보이는 거 아닐까?

'호랑이가 물어가도 정신만 차리면 산다'고 했던가. 난 이 말이 마음에 안 든다. 사람은 감정이 있다. 멘탈이 붕괴됐을 때, 아무리 곁에 있는 사람이 조언을 해줘도 정상적인 사고를 하긴 힘들다. 인생 자체가 흔들리는 위기에 빠졌을 때 정신을 똑바로 차린다는 것은 불가능에 가깝다. 어쩌면 정신줄 놓지 않은 위기는 진짜 위기가 아닐 수도 있다.

우리가 힘든 일을 당했을 때 어찌해야 하는가. 자꾸만 같은 일을 꼬리에 꼬리를 물고 떠올린다. 결국 나를 힘들게 한 사건, 두려운 감정에 매몰되어 버리곤 하는 게 보통의 인간이다. 생각의 꼬리는 점점 길어지면서 숨통을 조여오고, 밤에 잠도 잘 못 자고 밥맛도 잃는다. 도대체 어떻게 부정적인 감정에서 빠져나올 수 있을까?

내 방식이 꼭 정답은 아니겠지만, 사회생활을 20년 가까이 하면서 나름대로 비법이 생겼다. 먼저, 힘든 일이 생겼을 땐 그 일에 집중하지 않는다. 그냥 머리를 비운다. 현실을 회피하거나 도망가는 것과는 다르다. 그 일에 매몰돼 있는 나 자신을 떨치라는 얘기다.

그렇다면 머리는 어떻게 비울까? '명상'을 하면 좋긴 하다. 대학 후배이자 방송인인 안현모 씨, 현모가 명상을 적극 권유한 적이 있다. 본인이 명상의 매력에 푹 빠져서인지, 명상 여행을 추천하기도 했다. 빌 게이츠, 오프라 윈프리 같은 해외 유명인사들도 명상을 알고 다시 태어났다면서 말이다. 후배의 진심 어린 추천(얼마나 좋으면 그 행복을 나누려고 할까!)은 몹시 고맙지만 미안하게도 실제 명상을 제대로 배우진 못했다. 그러나 요즘은 유튜브의 시대 아닌가? 〈채환의 귓전명상〉이나 〈브레이너의 수면여행〉, 〈요가소년〉이 즐겨 보는 채널이다. 전문적으로 배우는 것은 아니지만 힘든 일이 생기거나 몸이 지칠 때, 채널을 들어가 적절한 영상을 듣는다. 명상도 안 될 만큼 심경이 복잡할 때는 들으면서 그냥 자버린다. 복잡한 뇌를 한번 씻는 느낌이다.

내가 만난 행복하거나 성공한 사람들에겐 공통점이 있다. 자신만의 '자기수행법'이 있다는 것이다. 특히 일로 성공한 사람들은 양옆을 가린 경주마처럼 뛰어가기만 할 것 같지만 그렇지 않았다. 명상이 아니더라도 일종의 리추얼(의식)처럼 자신을 다잡는 시간을 꼭 갖는다.

내가 발견한 수행법은 '몸을 움직이는 것', '운동'이다. 흔히 운동하면, 살을 빼거나 몸을 튼튼하게 한다는 신체적인 면을 먼저 떠올리지만 내게 운동은 정신적인 면이 강하다. 좀 더 고백하자면, 난 운동을 '더럽게' 못 한다. 몸치이기도 하고 뻣뻣하기도 하고, 운동신경이 완전 빵점이다.

독자 여러분은 학교 다닐 때 100미터 달리기를 몇 초에 뛰셨는지? 말씀드렸듯 나는 24초였다. 어릴 때 키가 커서 선생님이 당연히 잘 달릴 줄 알고 학급 계주 선수로 내보냈다가 '완전 폭망'했던 일이 지금도 뼈아프게 기억에 남아있다. 뛰는 폼도 이상하고 사춘기도 일찍 오다 보니 체육 시간에 누가 나 움직이는 걸 보는 게 진짜 창피했다. 그러다 보니 체육 시간이 지옥이었다. 공부는 곧잘 해 필기시험은 잘 쳤지만, 실기는 완전 바닥이라 체육 점수는 늘 만회가 안 됐다.

체육을 싫어하면서 공부만 많이 하다 보니 10대 때부터 삭신이 쑤셨다. 어깨 결림, 편두통은 스토커 같았다. 지금도 승모근이 딱딱 한 편이라 헬스장에 가면 선생님들이 깜짝 놀라는데, 약간 거짓말을 보태면 12살 때부터 그랬던 것 같다. 중학교 때도 어깨가 아파서 한의원에 엄마랑 침 맞으러 갔으니. 늘 운동센터를 옮길 때마다 웃으며 "제 승모근 말랑말랑하게 해주시는 분께 200만 원을 드리겠다"고 하지만, 워낙 역사가 오래된 근육이라 그런지 아직 200만 원을 받아간 사람은 없다.

내가 아나운서로 한창 바빴던 20대 때는 어땠나. 겉으로 보기엔 말라 보였지만 사실은 '마른 비만'이었다. 몸을 움직인다는 것, 그건 먹는 건가?

그러다가 전환점이 생겼다. 바로 9시 뉴스를 할 때였다. 사람들 눈에야 저녁 1시간만 눈에 띄었지만, 상당히 많은 스케줄을 소화했다. 낮에는 데일리 라디오 방송을 했는데, 늘 국가적으로 큰 사건이 있어서 아침부터 내리 녹음, 녹음을 끝내면 바로 특보부터 밤늦게까지 이어가는 식이었다. 생각할 여유도 없었다. 온종일 스튜디오에 앉아 기계처럼 방송만 했다. 특히 라디오는 마이크에 대고 조곤조곤 말하는 식이라 자연스럽게 등이 구부러지는데 와, 어느 순간 앉아있는 것 자체가 허리 고문이 됐다.

지금이 더 심해졌지만, 그때도 정치적인 진영 갈등은 만만치 않았다. 사내에서도 사람들끼리 갈라지고 심각하게 부딪혔다. 하루 종일 긴장된 상태다 보니 스트레스는 차곡차곡 쌓여갔다. 어느 순간부터는 몸을 움직이지 못했다. 거의 기어가는 폼으로 집에 가야 할 정도였다. 아파서 잠을 제대로 못 자다 보니 우울함도 깊어졌다.

나중에 알고 보니 디스크가 파열된 것이었는데, 그때는 바쁘기도 하고 마음의 여유가 없어 병원에 갈 생각도 못 했다. 심리적인 문제이지 디스크가 나간 줄은 생각도 못 했다. 한의원에 가서 침 맞고 그날 주어진 방송을 겨우겨우 끝냈다. 휴가를 내야 병원 가서 검사를 받는데 그럴만한 시간조차 허락되지 않던 시절이었다. 반년 정도 지나 큰맘 먹고 검사를 받았더니 디스크는 파열된 채로 굳어버렸는데, 심지어 퇴행성 관절염까지 생겼단다. 내 나이 꽃다운 28세였다. 으앙.

디스크 파열을 경험한 분들을 알겠지만, 그 통증은 이루 말로 할 수 없다. 무식한 건지 독한 건지, 무엇을 위해 참은 건지, 어떻게 그걸 참아냈는지 모르겠다. 그때 가뜩이나 불면증으로 잠이 부족한데 시간을 쪼개어 처음 운동이란 걸 하게 됐다. 필라테스였다. 지금은 대중화가 됐지만, 당시만 해도 주변에 필라테스를 배우는 사람이 거의 없었다. 일대일 수업이다 보니 비용 부담도 적지 않았다. 하지만 어떻게든 살아남아야만 하는데 돈이 문제인가.

헬스나 수영을 끊고도 제대로 해본 적이 없다. 그런데 웬일인지 필라테스만큼은 몸이 따라주지 않아도 꼬박꼬박 나갔다. 그렇게 한 달, 두 달, 넉 달…, 기간을 늘려가면서 새로운 세상이 열렸다!

필라테스를 하기 전에는, 일은 많고 쉬는 시간은 없어 우울하고 수면 부족에다 많이 예민했다. 사고방식도 부정적으로 흘러가곤 했다. 그런데 일단 몸이 편안해지니까 훨씬 집중도도 높아지고 마음도 편안해지는 거다. 마음이 힘들면 마음에 매달릴 게 아니라, 몸을 바꾸는 게 더 효과적이라는 걸 깨닫게 됐다.

지금도 가끔 후배들이 찾아와 직업적 조언을 구한다. 주로 아나운서가 되고 싶어 하는 이들이니, 질문은 "아나운서가 되려면 어떻게 해야 하나요?"가 주를 이룬다.

발음은 이런 식으로 하고, 외모는 이렇게, 필기 준비는 이렇게…, 이런 노하우를 기대했겠지? 하지만 나의 첫 번째 대답은 늘 정해져 있다.
"몸부터 바꿔라!"

꼭 아나운서란 직업이 아니라도, 원하는 것을 이루고 싶어 하는 사람들에게 모두 해당되는 답이다. 건강이 받쳐주지 않는다면 어떤 테크닉을 배워도 유지할 수 없기 때문에 일단 몸, 체력부터 키우라는 거다. 지금 내가 초등학생 엄마가 되어서도 신경 쓰는 것은 공부보다는 체력이다. 어릴 때부터 학원 뺑뺑이를 돌려 우등생이 돼도

10대에 체력이 받쳐주지 않으면 뒤처질 수밖에 없다.

실제로 내가 10대 때 공부할 때마다 늘 통증에 시달렸던 안 좋은 기억이 있기 때문에 아이들은 튼튼했으면 좋겠다. 자칫 선행학습의 유혹에 빠지기 쉬운 환경이지만, 체력을 키워 놓으면 진짜 스피드를 내어 공부해야 할 때 충분히 즐겁게 공부할 수 있으리라 믿기때문이다. 초등학생에게 운동을 시키는 이유와 성공을 꿈꾸는 사람이 운동부터 해야 하는 이유는 결국 같다.

운동 중 개인적으론 필라테스를 가장 추천한다. 필라테스는 일반적인 운동보다 균형을 중시한다. 특히 몸의 중심인 코어 근육을 잡는 게 매우 중요한 운동이다. 덧붙여 호흡을 조절하는 것도 중요하다.

'균형'이 중요하다 보니 나는 필라테스를 만나면서 천천히 허리통증에서 벗어났다. 코어 운동과 정확한 호흡을 몸에 익히니 신입사원 시절 고민이었던 발성과 발음도 상당히 좋아졌다. 실은 신입사원 때 탁성에 발음도 명확하지 않아 연기학원도 다니고 성악도 배웠는데 나는 필라테스가 가장 효과가 좋았다. 호흡을 길게 내쉴 때, 머릿속 고민도 함께 날아가는 느낌도 좋았다.

중학교 때 나보다 공부 잘하는 친구가 아침에 기분 좋게 일어나는 법을 알려준 적이 있다. 눈을 떴을 때 조금만 더, 하면서 이불 속으로 들어가는 게 아니라 일단 벌떡 일어나는 것이다. 머릿속으로 일어나야지, 생각하기 전에 몸을 먼저 일으켜 세우란 얘기다.

우리에게 힘든 일이 생겼을 때도 마찬가지다. 머리로 고민하기 전에 먼저 몸을 움직이면, 딱 그 순간만 넘어가면 근심 걱정이 순간적으로 싹 사라진다. 왜일까.

"남편이 속을 썩여요." "직장에서 상사가 괴롭혀요." "미래가 걱정돼요."

살다 보면 지구가 멸망할 것 같은 공포심을 느낄 때가 있다. 고민이 꼬리를 물고 이어질 때다. 아무리 사소한 것일지라도 본인한테는 심각하다. 하지만 운동을 하는 순간만큼은 잠시 그 고민에서 빠져나올 수 있다. 나는 혼자 하기보다는 개인 교습을 받으며 운동하는 걸 선호하는 편이다. 물론 비용은 차이가 많이 난다. 하지만 누가 옆에 바짝 붙어있다면? 지금 이 순간만큼은 선생님이 가르쳐준 그 동작을 정확히 수행하는 게 일생 최대 목표가 된다.

내가 오랫동안 방송인으로 살다보니 또래보다 사회에서 성공한 분들을 만날 확률이 높았다. 그런 사람들 보고 몇 가지 공통점을 찾을 수 있었는데, 100퍼센트는 아닐지라도 잠시 얘기하자면.
첫째, 일찍 일어나는 사람이 많았다. 새벽 5시에 일어나보면 뭘 느낄까. 나는 '세상이 항상 나보다 빨리 시작하는구나'를 느꼈다. 운동을 하든, 청소를 하든, 방송을 하든, 애들 밥을 하든 누군가는 나보다 먼저 일어나서 움직이고 있었다. 하다못해 유튜브만 켜도 내가 좋아하는 〈요가소년〉이 변함없이 실시간으로 모닝 요가를 한다. 항상 세상이 나보다 일찍 시작한다는 것은 정말 좋은 자극이 된다.

두 번째는 책을 많이 읽는 사람이 많았다. 좋은 책을 읽으면 아이디어가 샘솟지 않는가.

마지막으로, 거의 '예외 없이' 운동을 열심히 했다.

여태까지 느낀 것도 그렇다. 정신이 힘들 때 바로잡을 수 있는 건, 정신에 집중할 때가 아니라 몸에 집중할 때였다. 일찍 일어나거나, 책을 읽어도 즉 성공한 사람들이 주로 한다는 두 가지를 지켜도 운동이 병행되지 않으면 정신이 오히려 흐트러지는 걸 느꼈다.

매일까진 아니어도 일주일에 최소 두 번, 한 번에 한 시간 이상씩 하면 확실히 다르다. 걷기 뛰기 다 좋겠지만 나 같은 경우는 필라테스가 제일 잘 맞았다. 아마 현대인치고 목 어깨 통증, 두통 없는 사람 없을 테니 대부분에게 맞을 거라고 생각한다.

사람이 몸이 안 좋으면 짜증이 나고 참을성이 없어진다. 여기서 인간관계도 많이 틀어진다. 내가 몸이 아픈데 다른 사람의 기분을 맞춰줄 수 있을까? 일에 집중할 수 있을까?

나 역시 사람이기에 힘든 고비를 만난다. 감정의 늪에서 벗어나게 한 것은 무엇이었을까. 친구의 따뜻한 조언, 술? 모두 아니었다. 물론 기분 전환도 중요하지만, 근본적인 문제를 해결하는 느낌은 들지 않았다. 특히 술은 기분이 안 좋을 때 마시면 독이 되는 것 같다.

그럴 때 운동만이, 유일하게 힘을 발휘했다. 운동을 하는 순간만큼은, 내가 아무리 최악의 상황에 놓여 있어도 동작에 집중하게 되니까 머리가 깨끗하게 비워진다. 그럼 다시 시작할 힘을 얻게 된다. 결국 그게 자기 수행이고. 그러니, 마음이 힘들면 늘어져 있지 말고 당장 움직이자.

아파트야, 안녕

아이가 다니는 기관 가까운 곳에 낡디 낡은 아파트가 있다. 50년
정도 됐을 거다. 하원 시간이 되면 아이는 인사할 틈도 없이 그쪽으
로 고무공처럼 튀어 올라가곤 했다. 같은 반 친구들 몇몇이 그곳에
살고 있던 터라 7시간 만에 만난 엄마보다 아파트 놀이터가 더 반가
웠나 보다.

부동산 뉴스에서나 간혹 보던 그 아파트를 만난 건 그렇게, 학부
형이 되고서였다. 부동산공화국, 아니 정확히는 아파트공화국인 대
한민국에서 '압구정 현대'와 함께 비싼 아파트 자웅을 겨룬다던, 아
마 국민평형으로는 최초로 100억을 찍을 거라던 바로, 그곳. 우습게
도 부동산 '임장'을 하러 온 게 아니라 어린 아들 덕분에 직접 와보
게 되었다.

평 단가로 아파트 서열을 매기는 시대다. 어딘가에서 왕족 성골

진골 육두품 계급도가 돌아다니기도 한다던데, 단연 그 피라미드의 정점에 있는 입지다. 하지만 이 아파트와의 만남은 수많은 숫자의 배열만큼 계산적이진 않았다. 벚꽃이 막 멍울을 터뜨리려던 봄날, 회색빛 도시 속에 5층짜리 4천 세대 아파트는 너무도 다소곳하게 앉아있었다. 이게 강남 한복판 맞나? 곁에서야 50년 된 나무들이 수목원만큼 감싸고 있어 관심 두지 않으면 모를 수도 있겠다. 귀한 선물은 귀한 포장지로 싸는 것처럼 몇 겹의 꽃과 구불구불한 나무로 휘감겨, 자동차로 도로만 운전해서는 동네 사람 아니고서야 이게 그 유명한 그 주공 아파트인지 나 같은 똥 눈은 알 턱이 없었다.

나는 그 동네에도 천이 있는 줄 처음 알았다. 목동에 산 적이 있어 안양천은 아는데, 그곳에 시골 냇물 같은 게 흐르고 있다는 걸 알지는 못했다. 졸졸졸 진짜 물소리도 들리고 쩩쩩쩩 새소리 스케일이 남다르다. 50년이나 된 아파트를 그렇게 가까이서 본 건 처음이라 당연히 귀신이나 좀비 정도는 나올 줄 알았는데 웬걸, 어린 시절 나로 돌아간 것처럼 정감 가는 동네였다.

우리 아들은 모래 놀이를 실컷 했다. 두꺼비집도 만들고 나무를 꺾어 칼싸움도 했다. 어디 강원도나 가야 볼 법한 냇가 옆길을 따라 진짜 시골아이들처럼 해가 지는 줄 모르고 놀았다. 개울을 따라 걷다 보면 주공 아파트 바로 옆에 엄청난 스케일의 운동장도 있다. 진짜 육안으로만 보면 축구경기장만 한가? 와, 우리 아들은 신축 아파트 놀이터를 갈 때도 그렇게까지 좋아하진 않았다. 어른들의 시각으로 보면 좀 촌스럽고 별거 없는 놀이기구뿐인 놀이터인데도 우리 아들은 내 손에 질질질 끌려 올 때까지 놀고놀고 또 놀았다.

문득 어린 시절이 떠올랐다. 80년대생인 내가 어릴 때는 아파트가 지금만큼 많진 않았다. 나는 주택에 살았고 친구네 집에 놀러 갔을 때나 아파트의 내부를 구경할 수 있었다. 우리가 얘기하는 그 아파트는 70년대 기준 고급 콘셉트라 서양식 라디에이터가 안에 있다는데, 규모가 크지 않고 저층이었던 친구네 아파트는 연탄을 때기도 했다. 아무튼, 벌레가 있는지 세균이 붙는지 상관하지 않고 모래를 잔뜩 묻히고 들어오는 아들을 보면서 35년 전쯤 내가 어떻게 친구들과 놀았는지 기억이 났다.

씨앗을 품은 분꽃을 조심조심 꽃과 꽃받침 부분을 분리하면 죽실처럼 떨어지는데 그걸 귓구멍에 꽂아 귀걸이라고 했다. 〈오징어 게임〉에도 나와 세계적으로 화제가 됐던 '무궁화꽃이 피었습니다'가 바로 고맘때 우리의 놀이였다. 지금 그 주공 아파트 옆면은 살짝 금이 가 있는데 그땐 새 아파트였다. 담벼락에 붙어 '무궁화꽃이 피었습니다'를 외쳤더랬다. 지상에는 주차 금이 그어져 있지만 차가 한 동네에 몇 대 있기나 했었나. 텅텅 빈 주차장에 땅따먹기 금을 크레파스로 그려놓고 놀아도 항의하는 주민이나 야단치는 경비아저씨가 없었다.

아들 덕에 회색빛 강남이 숨겨놓은 50년짜리 힐링 공간을 발견하고는, 나도 하원시키는 길에 그 아파트 들르는 걸 은근히 기대하게 되었다. '클래식은 영원하다'더니 이런 것도 그런가? 요즘 세상엔 찾을 수 없는 낡디 낡은 아파트 단지는 아들뿐 아니라 나의 놀이터도 되었다. 어디 먼 곳까지 여행가지 않아도 하루 몇 시간은 여행하는 것 같았다고 할까. 오래된 아파트를 이사도 안 가고 죽 눌러앉아 사는 사람들 이해를 못 했는데 아마 이런 맛인가 보다.

오래된 아파트는 그 자체가 생태계를 이룬다는 생각이 들 정도로 다양한 나무와 꽃, 생명체가 다발을 이루어 갈 때마다 경탄을 안겨주었다. 똑같은 목련이 피어도 여기는 더 알이 실하다. 똑같은 진달래꽃이어도 여기는 색깔이 더 진하다. 인간은 오래 살수록 노화된 모습이 어린 모습보다 아름답기가 쉽지 않은데, 식물만은 다르다는 것도 알게 되었다.

50년 넘은 수목은 마치 나에게 말을 거는 것 같았고, 50번을 피고 지었을 꽃잎은 갓 심은 꽃나무가 도저히 따라잡을 수 없는 매력을 뿜내었다. 아, 천방지축으로 살다가 아이 둘을 낳고서야 내가 서서히 늙어가고 있다는 걸 느끼는데, 때로는 아이의 싱그러움이 부럽기만 한데, 식물의 세계에서는 늙은이가 어린이보다 훨씬 멋지고 아름답구나!

한강 변에는 새것이거나 새것이 되길 기다리는 ─ 그 아파트 같은 — 아파트들이 죽 늘어서 있다. 어느 정치인은 그래서 '서울은 천박한 도시'란 말을 남겼다는데 그 '소리'만큼은 '반사'하는 게 옳다. '성냥갑' 아파트가 천박하지 않다는 건, 이미 치를 수 있는 값을 훨씬 뛰어넘어 — 서울 도심은 오래된 아파트일수록 더 비싼 법 — 이 생애 내 것은 될 수 없는 이 50살 넘은 늙은 아파트와 사랑에 빠지면서 하게 된 생각이다. 단순히 개인적으로 좋아하는 장소여서는 아니다. '반주'의 매력에 푹 빠진 덕에 아파트가 어디서 시작되었는지 궁금했다. 그리고 여러 자료를 찾아본 것이 계기가 되었다.

뜬금없이 역사를 좀 정리한다면 '아파트'는 단순한 집이 아니다. 르코르뷔지에라 불리는 현대건축의 아버지 — 건축계의 스티브 잡스 — 가 만든 혁신적인 주거모델이었다. 두 번의 세계대전이 끝나고 난 후 파괴된 프랑스 도심에는 가난한 사람들이 살 곳이 없었다. 르코르뷔지에는 모듈 같은 '아파트'를 1952년 마르세유에 최초로 건축하면서 단시간에 많은 사람이 편리하게 살 수 있는 주거모델을 대량 공급했다. 지금이야 '성냥갑' 같다고 디스 당하지만 스티브 잡스가 아이폰을 들고나올 때처럼 엄청나게 혁신적인 디자인이었다. 왜냐하면 그 이전까지 건축디자인이란, 마치 프랑스 궁전처럼 얼마나 화려하고 얼마나 위압적이냐가 중요했기 때문이다. '유니테 다비타시옹' 즉 최초의 아파트는 꼰대들에게 저항하는 MZ세대처럼 저항적이었다. 특히 도시 외곽으로 밀려난 가난한 이들이 이 아파트에 입주를 하게 되었는데, 르코르뷔지에는 이렇게 말했다. "건축의 목적은 사람을 감동하게 하는 데 있다." 왕족이나 귀족이 아니라!

난 그 르코르뷔지에를 만난 것처럼 감동했다. 프랑스 건축가의 박애주의를 2021년 강남의 낡은 아파트에서 느낀 것은 우연이 아니다. 물론 빈민들을 위한 프랑스 아파트와 달리 이 아파트는 주공아파트 가운데서도 고급 주거공간을 표방했다고 한다. 최초로 안방에 딸린 부부 화장실, 2개 동에 허락된 복층 구조, 연탄 때던 시절의 라디에이터 난방, 수영장 등이 그 증거다. 그렇지만 '주거난'을 해결하려고 만든 건 1950년대 프랑스와 1970년대 대한민국이 서로 다르지 않다.

생각해 봐라, 한국 역시 지독한 6·25 전쟁 후에 살 만한 공간이 있었을까? 조선 시대 500년 동안 높으신 분들은 지금의 종로 같은 사대문 안에 성을 쌓고 자기들끼리만 잘살았다. 성 밖의 사람들은 사대문 안 사람들처럼 잘살 수 없었다 — 조선 시대 후기 외국 선교사들이 찍은 사진을 보면 성 밖에는 길바닥에 똥이 굴러다닐 정도로 주거환경이 열악했다. 그런 가난한 나라 한국에 프랑스의 주거모델이 들어온 건 행운이었다. 비록 원조는 외국이지만 이것이야말로 전쟁 난민 신세였던 한국인들에게 획기적으로 빠른 속도로 살 만한 집을 공급하는 모델 아니었겠나? 폰 없이 살 순 있어도 집 없이 못산다. 그래서 아파트야말로 스티브 잡스가 들고나온 스마트폰보다

더한 혁명이라고, 나는 생각한다.

게다가 이 아파트를 짓기 전에는 '고급'이라는 개념이 없었다. 그러다 1970년 강북에 있는 와우아파트가 무너지는 대참사가 난다. 빨리 지으려다 보니 엉망으로 지은 거다. 그러니 안전에 신경을 쓴, 와우의 악몽을 지울 수 있을 수준의 아파트를 지을 만한 이유가 생겼다. 그런데 지금도 그렇지만 모든 것이 갖춰진 새로운 아파트를 지으려면 대단지가 유리하니까, 큰 공터가 필요했을 것이다. 그런데 넓고 빈 땅은 — 마치 흰 도화지처럼 뭐든 그릴 수 있는 공간은 — 개발되기 전이었던 강남뿐이었다! 지어지는 아파트 앞으로 소가 압구정 밭을 가는 유명한 사진이 있는데, 당시 강남이 시골이나 다름없었음을 알법하게 한다.

아무튼 이 아파트가 대박을 치면서, 줄줄이 강남에 새 아파트가 지어지게 됐고 결과적으로 지금 우리가 보는 것처럼 강남 불패 대한민국이 되긴 했다. 지금이야 아파트가 자본주의의 상징처럼 해석되지만, 본질은 오히려 계급 역전의 시작이었다고 나는 생각한다. 500년 조선 시대 신분제 안에 살아온 한국 사람들에게 사대문 안에서 멀어진다는 것은 반가운 일이 아니었을 것이다. 오죽하면 분양광고는 남서울, 그러니까 서울의 남쪽에 있는 해당 아파트 — 강남은 심리적으로 서울이 아니었던 것 — 가 서울시청에서 몇 분 걸리는지를 강조한다. 지금 같으면 강남에서 몇 분 걸리는지를 광고할 텐데 말이다.

그러니까 서울에 강남이라는 공간이 생겼다는 것은 500년을 이어온 '사대문 중심'의 공간개념이 강의 남쪽으로 이동했고, 새로운 중산층이 탄생했다는 걸 의미하지 않을까. 대체로 부자가 많이 이 아파트가 입주했다지만, 당시에는 해외취업자나 불임시술자를 우대했다 하니 그렇게 부자가 아닌 사람들도 당첨됐다면? 그래서 50년이 지난 지금까지 살았다면? 결과는 다 알다시피 부자가 되어있을 것이다.

아마 그래서 우스갯소리처럼 '우리 아빠는 왜 강남에 땅 한 평 안 샀나 몰라, 소가 밭 갈던 시절에 말이야' 하나 보다. 그때 비싸지 않았을 한 평 땅을 샀다면, 내가 평민의 후손이든, 사실은 노비 조상이 있든 상관없이 지금은 부자로 살고 있을 테니 말이다. 우리 아버지가 샀으면 우리 가족은 여기 입주해서 살고 있으려나? 사실 자기 것이면 귀한 걸 잘 모르기에 더 새로운 곳으로 이사 갔을 것 같긴 하다. 나야 가끔 오는 외지인이니까.

'프랑스는 아파트를 낳고 한국은 아파트를 키웠다'라는 문장을 아이가 모래 장난하는 걸 보며 만들어 보았다. 그럴싸한가. 나는 건축가도 사회학자도 시인도 아니지만, 나보다 더 나이가 많은 주공 아파트를 걸으며 꼬리에 꼬리를 물며 생각을 이어갔다. 전쟁 후 사람들을 위해 만들어졌다는 시작부터, 누군가에겐 새로운 신분 역전이 됐을 거란 한국적 추측까지 더하면서. 여기다 두 눈에 넣어도 안 아픈 우리 아이가 여기가 좋다고 난리다. 내가 늙은 할머니가 되면 손주가 이만큼 날 좋다 할지 모르겠다. 일단 우리 아이는 이 늙은 아파트 놀이터가 좋다고 집에 가기 싫단다. 게다가 늙어가고 있는 어미는 여기 꽃이며 나무며 시냇물이며 구경하는 게 좋아 애처럼 돌아다닌다. 이 모든 걸, 그냥 성냥갑 같은 재미없는 풍경이라고 치부하기엔 너무 아깝다. 세상에서 제일 재밌고 의미 있는 성냥갑 아닌가? 그게 또 지금 서울만의 '소울'을 만든 거 아니겠냐 이 말이다.

'아파트키즈'라는 말이 주는 척박한 질감에 동의하지 않는다. 내가 어린 시절 골목길을 기억하는 것처럼, 우리 아이들도 정서적인 공간으로 아파트를 기억하게 될 것이다. 50년 전 주공 아파트와 지금의 신축 아파트가 같지 않을 것처럼 한 인간이 어린 시절 주거공간에 대해 갖는 기억도 다양한 변주를 갖고 달라질 것이다.

나에게 아파트에 대한 생각의 변화를 안겨준 오래된 그 아파트는 이 글을 쓰기 하루 전 모든 입주민이 이주를 마감했다. 한국 아파트의 역사에 첫 삽을 떴던 건설사가 같은 자리에 엄청 멋진 새 아파트를 짓는다고 한다. 네이버로 검색해 보니 일평생 열심히 벌어온 우리 일개미 부부에게도 좀 부담스러운 가격이긴 하다, 하하. 누군가는 그 새로운 아파트에서 부를 이어가고 또 누군가는 운 좋게 청약에 당첨되어 삶을 역전하게 될까? 새로운 아파트가 이 자리에 들어서면 나 같은 외지인이 지금처럼 자유롭게 드나들 수 있을까? 낡은 건물을 허물고 짓는 것은 분명 필요한 일이고 누군가에겐 평생 기다렸던 숙원일 것이다. 다만 이 도시의 기억 하나가 사라지는 아쉬움이 들기도 한다. 내가 이 정도면 살던 분들은 오죽하랴 싶지만… 아니다, 새집을 받는 거니까 좋으시려나, 사람은 두꺼비처럼 '헌집 줄까 새집 줄까' 물어볼 필요가 없다. 당근 새집이다.

도시의 기억 하나가 사라지고, 어린 아들의 기억 하나가 사라지고, 어른이 되어 만난 나의 어린 시절도 사라진다. 아쉽지만 또 이 아파트는 새 역사를 쓰겠지. 참, 내가 하나의 '생태계'라고 표현한 녹지공간도 달라진다. 마치 영혼이 있는 것 같아 혼자 말을 걸어보던 50년 된 나무들은 어찌 되는 거지? 아쉽지만 보존해 다시 심는 것보다 아예 새로 짓는 것이 더 비용이 덜 든다고 하네. 새로 만들어지는 정원이 오죽 멋지겠냐마는 이 나무가 그 나무는 아닐 것이기에…, 이 생애에선 다시 만나기 어렵겠구나.

곧 허물어질 아파트야, 안녕! 사라지기 전에 나에게 멋진 기억을 선물해줘서 정말 고마워!

내 청춘도 조금씩 바래고 결국 너처럼 기억만 남긴 채 사라지겠지! 그래도,

다시 태어나도 기억할게!

세상을 적시는 사랑의 눈물

내가 사람의 방언과 천사의 말을 할지라도 사랑이 없으면 소리 나는
구리와 울리는 꽹과리가 되고, 내가 예언하는 능력이 있어 모든 비밀
과 모든 지식을 알고 또 산을 옮길 만한 모든 믿음이 있을지라도 사랑
이 없으면 내가 아무것도 아니요, 내가 내게 있는 모든 것을 구제하고
도 내 몸을 불사르게 내줄지라도 사랑이 없으면 내게 아무 유익이 없
느니라.

_ 고전 13:1-3

제일 좋아하는 성경 구절이다. 종교와 상관없이 난 이 말이 세상
모든 사람들에게 통한다고 생각한다. '믿음과 소망과 사랑 중에 제
일은 사랑'이라는 말을 어릴 때 교회에서 들을 때는 교과서 같은 말
이라 생각했지만, 나이가 들수록 결국 한 인간을 살게 하는 건 '사
랑'이란 걸 여러 경험을 통해 깨닫게 됐다.

혈기왕성한 20대 청춘일 땐 사랑, 하면 남녀 간의 로맨틱한 사랑을 먼저 떠올렸다. 좋아하는 사람 때문에 뺄짓도 하고 상처도 받아가며 그 시절을 보냈다. 그러나 사랑의 색깔이 얼마나 다채로운지, 살면 살수록 놀라곤 한다.

성실과 노력, 믿음…. 학생으로 사는 순간부터 사회는 열심히 살 것을 강조한다. 목표 지향적이었던 나는 그 성실 노력 믿음만으로 크고 작은 시험들을 뚫고 사회에서 살아남았다. 하지만 결국 나이가 들어도 소년처럼 반짝이는 눈을 갖고 있는 사람들, 내가 만났던 본받고 싶은 사람들의 늙지 않은 비밀은 '사랑'이었다.

참으로 이기적이고 여전히 부족한 나는 그래도 아이를 사랑하게 되면서 삶을 대하는 태도를 달리하게 되었다. '사랑한다면 모든 수모와 괴로움을 견뎌야 한다'라는 다소 신파적인 다짐을 나는 아이를 키우면서 여러 번 했다. 그 어떤 슬픔과 괴로움이 닥쳐도 아이 앞에서 나는 늘 무너질 수 없는 세상이었다. 힘든 것을 참고 피곤한 것을 견딘다는 것은 참 힘든 이야기처럼 들리지만, 사랑하는 존재를 떠올리면 견딜 만하다는 것을 엄마의 삶은 나에게 알려주었다. 사랑, 사랑이 있기에 때로는 사회적인 꿈을 미뤄도 아깝지 않은 것이다. 사랑이 아니라면 무엇이 나를 그렇게 바꾸겠는가?

뉴스를 진행하는 일도 그랬다. 20년 가까이 방송을 하며 뉴스는 나에게 참 커다란 것을 알려주었다. 앵커가 세상을, 사람을 사랑하지 않는다면 몇 달 하다 지쳐버린다는 사실을. 앵커는 얼핏 기자가 취재해 온 것을 매끈하게 전해주기만 하면 되는, 쉬운 일인 것 같다. 아나운서 학원 다닐 땐 또박또박 잘 읽는 것이 전달력의 생명인 줄만 알았다. 하지만 뉴스라는 건 좋은 얘기보다는 슬프고 끔찍하고 비참하고 한심한 이야기들이 많다. 배역에 몰입하는 배우처럼, 뉴스 앵커도 나의 정신건강에 그다지 좋진 않았다. 처음엔 그만두고 다른 직업을 찾아볼 생각까지 했다. 하지만 가늘고 길게 지금까지 앵커로 일할 수 있는 건, 그만큼 사랑하기 때문일 것이다.

엄마가 되고 삶의 경험이 쌓여가면서 일도 더욱 사랑하게 됐다. 왜냐하면 내가 하는 뉴스가, 방송이, 일이 결국 나의 아이들과 같은 '사람'을 사랑하는 일이란 걸 느꼈기 때문이다. 내가 전하는 이야기가 남의 이야기가 아니라 내 가족의 이야기고 내 이웃의 이야기임을 한두 번 느끼는 것이 아니다. 사람을 너무 사랑하기에, 방송에서 만나는 미담 속 주인공들을 보면 가슴이 벅차올랐고, 천안함 사태 때 희생당한 용사들 이야기를 전할 때 가슴이 아파 밤잠을 이룰 수 없었다. 수많은 사람을 인터뷰했지만 유엽이 아버지처럼 기억에 남는 분들에겐 나도 모르게 연락을 취하게 됐다. 동물들이 학대당한다는 소식을 들으면 나도 모르게 돈을 찾아 동물구호단체에 보내게 된다. 사랑. 그것이 내가 사랑하는 아이들이 살 세상을 지키는 힘이자, 내가 꿈을 지켜가게 하는 원동력이다.

"삶에 향기를 만들어야 한다. 후각만 자극하는 게 아닌 사람들의 존재에, 그들 삶의 원소적 배열에 새로움을 일으키는 자석 같은 향기 말이다."

_故 이태석 신부

이태석 신부의 선종 소식을 전한 지도 벌써 10년이 넘어간다. 그럼에도 〈울지마 톤즈〉를 영화로, 신문기사로, 책으로 보며 눈물 콧물 흘리던 감정은 생생하다. 한 남자가 가톨릭 신부가 되고, 가난하고 위험한 나라 수단으로 떠나 얼마나 아름다운 흔적을 남겼는가! 전쟁, 기아, 질병에 하도 시달려 수단인들은 웬만해선 울지 않는단다. 하지만 예외가 있다. 졸리(이태석) 신부님 이야기만 들으면 눈물 콧물을 쏟는다고 한다. 그 울먹이던 수단 아이들도 이제는 어른이 됐을 테지.

학부모가 되어보니 자녀를 의대 보내는 게 어쩌나 힘든지 알게 됐다. 유치원 때부터 아이를 의사로 만들기 위해 교육열 넘치는 엄마들은 내 주변에 너무 많다. 그만큼 의사가 된다는 것은 예나 지금이나 사회적으로 성공했다는 것, 마음만 먹으면 돈도 잘 벌 수 있다는 것을 의미한다. 가난했던 소년이 의대에 진학했다는 건, 삯바느질하던 엄마를 호강시킬 기회를 잡았다는 걸 의미한다. 하지만 이 바보 같은 아들은 신부의 길을 택하고 수단에서 한평생을 헌신하는 길을 선택한다. 나병 환자를 위해 신발을 맞춰주고 연필도 잡아보지 못한 아이들을 위한 학교를 세운다. 자기 몸 상하는 줄도 모르고 아픈 사람들을 치료해준다. 신도 버린 것 같은 그 사람들을.

　대통령 후보로 나오기도 했던 최재형 전 감사원장을 언젠가 만난 적이 있다. 정치적인 판단을 떠나, 두 아들을 입양해 키웠던 이야기를 직접 들으면서 감탄을 했다. 큰 아드님은 열한 살, 어느 정도 크고 연을 맺은 터라 말 못 한 가슴앓이가 참 많았다고 한다. 아마 어릴 때 부모에게 버림받은 트라우마가 사춘기 새로운 부모자식 관계를 맺는데 큰 장애가 됐을 것이다. 사모님은 아이가 돌아오는 시간이면 심장이 쿵덕거렸다니, 일반인 같으면 파양을 고심해도 손가락질하지 못할 일이다. 그럼에도 기도와 상담 끝없는 인내로 번듯하게 키운 이야기를 겸손하게 풀어내는 모습에 나도 모르게 한 인간으로서, 존경심이 생겼다. 봉사활동을 하다 아들들을 만난 인연부터 어려움을 딛고 끝내 진정한 부모와 자식이 된 사연만으로도, 나 같은 모자란 사람이 따라갈 수 없는 인생의 향기를 느꼈다.
　사랑의 DNA는 따로 있는 것일까? 우리는 서로 인격을 모독하며 치고박는 정치인들, 수조 원을 갖고도 다툰다는 재벌들 이야기를 뉴스로 종종 접한다. 좋은 환경에서 자랐지만 콩 한 쪽 나눌 줄 모르는 사람은 얼마나 많을까. 때론 이 세상은 사이코패스, 소시오패스로 가득한가, 하는 의문이 들 때마저 있다. 하지만 그런 각박한 세상에서 이태석 신부나 최재형 원장님 같은 분이 존재한다는 것이 참

놀랍다. 그리고…. 나 자신이 참 부끄러웠다.

9시 뉴스 진행을 맡은 지 한 달쯤 되던, 아마 27살 즈음 겨울이었을 것이다. 그때만 해도 종편이 생기기 전이고 방송사끼리 사이도 좋아서 연말 특집으로 지상파 3사 앵커들이 보육원 봉사활동을 가게 됐다. 병아리 앵커는 설레었다. 봉사를 하게 돼서? 아니다. 염불보다는 잿밥인가, MBC 박혜진, SBS 김소원 선배를 실제로 만난다는 기대감 때문이었다.

내가 대학생일 때 두 분은 이미 인기 아나운서였다. 신뢰감 가는 외모와 멋진 말솜씨, 두 분의 입사 연도와 출연했던 프로그램들을 줄줄이 꿰고 있었다. 대학생 때는 아나운서라는 꿈을 엄청 사랑했으니까. 방송인도 방송인을 만나면 신기하다. 그것도 앵커의 꿈에 불을 지펴주신 선배들이다. 내가 뭘 하러 가는지도 잊고 스타를 만난다는 설렘에 가득 차 촬영장소에 도착했다.

그런데 어라, 이상한 점을 발견했다.
'언젠가 온 적이 있는데?' '여기가 어디지?'

아하, 그로부터 또 4년 전 KBS 연말 특집 때 촬영했던 보육원이다. 카메라에 적응 못 하던 신입사원, 당시 나는 동기들 틈에 끼어

TV에 몇 번 나오지도 못했다. 촬영이랍시고 와서 스태프들이 시키는 대로 빨래하고 페인트칠하는 게 스트레스이기도 했다.

그런데 여기서 놀라움, 아니 충격을 받았다. 보육원 아이들이 나를 기억하는 것이다! 처음 보육원에 왔을 때 나는 제대로 된 프로그램도 없어 얼굴이 알려지기 전이었다. 게다가 당시 스무 명도 넘게 우르르 촬영을 왔다. 그런데 아이들이 인기스타도 아닌 내 이름 석 자까지 또렷하게 기억하는 게 아닌가. 분명 프로그램 말미에 단체로 "또 찾아올게"라고 약속했던 것 같은데, 4년 만에, 그것도 또 방송 때문에 이 아이들을 다시 만난 것이다. 나는 아이들을 기억하기는커녕 아나운서 선배들을 만날 생각에만 부풀어있었는데…. 사랑이 고픈 아이들에겐 스쳐 지나가는 단 한 사람도 잊을 수 없었던 것일까?

'살아있는 예수' 같은 분들의 이야기를 하다 내 경험을 입에 담는 게 참 부끄럽긴 하다. 하지만 보육원에서의 일은 한 사람의 인간이자 직업인으로서 '사랑'에 대해 생각해 보는 계기가 됐다. "또 찾아올게" 약속을 다시 했고 다행히 그것은 지켰다. 아이를 낳아본 적 없는 처지라 아이들 대하는 게 어렵기도 했지만, 보육원에 들어설 때 달려오던 아이들 모습이 지금도 생생하다. 유난히 나를 따르던 아이와 함께 수족관에 갔던 것이 특히 추억에 남는다. 내 아이를 키운다고 그 만남이 끊긴 생각을 하니 또다시 부끄럽다. 최재형 원장

님처럼 입양하는 분도 있는데.

대학생 때, 성인이 된 해외 입양인들이 한국의 친부모 찾는 일을 도와주었던 것도 기억이 난다. 그때 활동한 봉사단체에서 수많은 유명인사에게 도움을 청했는데 어쩐 일인지 번번이 거절당한 일도 생각난다. '내가 아나운서가 되면 꼭 도움이 돼야지.' 다짐했는데, 사회인이 되고 한두 번 재능 기부했던 일만 생각나니 또 부끄러워진다. 이게 다, 먹고 살고 애 키우느라 세월이 흘렀어요, 변명해 보지만 변명은 변명일 뿐이다.

크고 작게 봉사활동에 참여하려고 노력은 했는데, 손에 꼽아보니 부족하단 생각이 많이 든다. 정기후원했던 아이가 이제 성인이 되고 또 다른 아이들을 후원하지만, 처녀 때처럼 편지 왕래를 자주 못 하고 있다. 그나마 아동 관련 뉴스가 나올 때마다 주먹이 불끈 쥐어지는 바람에 '초록우산어린이재단'과 오래 인연을 맺고 있는 것이 다행이다. 내가 죽으면 내 몸을 누가 쓸 수 있으려나, 하며 장기기증 서약도 하고 탈북자를 구출하는 캠페인에도 참여해 봤지만, 여전히 부끄럽다.

그나마 KBS를 퇴직하고 개인사업자가 되면서, 소득이 좀 늘고 나이도 차면서 조금씩 기부를 하려고 노력하니 면피는 하고 있는 것일까? 지금 쓰고 있는 책을 누가 사서 볼까 고민하면서 쓰는 중인데, 그래도 인세라는 게 좀 나온다면 어려운 분들을 위해 쓰겠다고 지면을 빌려서 약속해 본다. 사실 이렇게 내가 했던 나름의 선행(?)들을 나열해보니 낯뜨겁다. 그것도 훌륭한 분들 이야기를 한 뒤에 말이다. 그래도 내 솔직한 경험을 읽고 한 사람이라도 '사랑'의 힘을 느낀다면 더할 나위가 없겠다. 나 역시 쓰면서 더 많이 사랑해야겠다! 결심하기도 하고.

누군가 수억씩 기부했다는 이야기를 들으면 내가 내는 액수란 게 보잘것없어 손이 부끄럽기도 하다. 모든 것을 내던지고 아프리카로 갈 용기도 없고, 입양하고 싶어도 내가 감당할 수 있을까 겁부터 나는 걸 보면 나라는 그릇이 한참 작은 것도 사실이다.

하지만 모두가 큰돈을 내고, 온 생애를 바칠 수 없다고 포기해야만 하는 것일까? 자기가 있는 위치에서 성의를 다해 세상을 사랑할 순 없을까? 대단한 선행이 아니어도 아주 조금씩만 습관처럼 세상을 사랑한다면, 고통에 처한 사람은 줄어들지 않을까? 단 한 사람이라도.

'개념 있는' 공인의 사이다 같은 정치적 발언이 박수받을 때도 많지만, 사실 진짜 세상을 개념 있게 바꾸는 사람들은 크고 작게 사랑을 '실천'하는 사람들이라고 믿는다.

원래도 뉴스를 하면 괴로웠는데 애 엄마가 되고 훨씬 '앵그리 버드'가 될 때가 많다. 내 입으로 전하는 소식의 태반이 전쟁, 살인, 강도, 수준 이하의 사람과 사건 같은 안 좋은 이야기들이니까. 유명인

사는 아니더라도 TV 화면에 나오는 직업이다 보니 타인을 비방하거나 헐뜯는 소리를 전하게 될 때면 저주의 기운이 옮겨오는 것 같아 속상하다. 하지만 그런 나를 다잡는 건 '사랑'의 힘이다. 내가 뉴스를 사랑해서 앵커가 됐듯이, 아이를 사랑해서 오늘도 열심히 살듯이, 사람을 사랑하는 것만이 내 삶을 이끄는 원동력이라고 믿는다.

오늘도 이 말을 되새긴다,
"사랑이 없으면 내게 아무 유익이 없느니라."

뉴스를 하지 않았다면, 엄마가 되지 않았다면 나는 훨씬 더 형편없는 사람이 됐을 것 같다. 나는 오늘도 방송에서 삶에서 내가 사랑할 사람들을 만나고 있다.

마스크 소년, 유엽이

직업상 유족들과 인터뷰를 할 일이 있다. 보통 뉴스에 나올 정도면 사랑하는 사람을 잃어 경황이 없는 외중에도 억울한 점이 있는 분들이다. 누구라도 내 이야기를 들어주었으면, 억울함을 알아주었으면. 사실 아주 큰 관심이 쏠리는 경우가 아니라면 상황이 바뀌는 경우는 거의 없고 사랑했던 가족이 돌아오진 못한다. 아무리 몸부림쳐도 말이다. 하지만 종종 일면식도 없는 진행자가 귀담아 들어주는 것만으로도 그분들은 하루를 버텨낼 힘을 얻는다는 걸 느끼곤 한다.

유엽이 부모님을 전화로 만난 건 꽃샘추위가 맹렬하던 3월이었다. 중국 우한에서 시작한 정체불명의 폐렴이 대구를 쓸고 갔던 시절, 마스크는 동이 났고 온 국민이 마스크를 사느라 길고 긴 줄을 서야 했다. 비 내리던 날, 고등학생이었던 유엽이도 여기저기 돌아다니며 줄을 섰다. 직장암 수술한 지 얼마 안 된 아버지, 아버지가 코로나에 걸릴까 봐 걱정하던 속 깊은 아들. 집 안에는 마스크 두 장뿐. 아직 엄마와 뽀뽀하며 어리광 피우던 십 대 소년은 어쩌면 그리 사랑이 많았을까?

문제는 비 맞고 돌아오고 난 후였다. 으슬으슬 올라오던 오한은 곧장 기침과 고열로 이어졌다. 평소 같으면 동네병원으로 가면 좋으련만, 대구는 의료시스템이 붕괴된 상황이었다. 심지어 이게 감기인지 코로나인지 구별할 수조차 없으니, 그 어느 병원도 열에 시달리는 이 소년을 받아주지 않았다. 아니 좀 더 정확하게 이야기하면 13번이나 코로나 검사를 받았지만 '코로나 환자가 아니라서' 병원에서 치료해줄 수 없다는 입장이었다. 출동할 구급차도 없었다. 수십 수백 번 도움을 구했을 아버지는 결국 경산중앙병원으로, 안동병원으로 열이 펄펄 끓는 아들을 싣고 달렸다. 비 오고 차 막히던 퇴근길, 하지만 돌아온 건 그저 '자리가 없다, 받을 수 없다'라는 공허하고 사무적인 대답뿐, 손에 쥔 건 해열제 몇 알이 고작이었다.

튼튼했던 아들, 속 깊던 아들, 도대체 왜 열은 떨어지지 않는 걸까. 유엽이는 샤워실에 찬물을 펑펑 틀어놓고 꼬박 견뎠다. 그리고 아버지 대신 줄을 섰던 이 착한 소년은…,

"엄마, 너무 아프다…."

이 한마디 말만 남기고 눈을 감았다.

코로나가 번진지 얼마 안 됐을 땐 '대구 사람'이라는 이유만으로도 색안경을 끼고, 동선을 일일이 공개해가며 '어딜 그리 쏘다니냐'고 손가락질하기도 했다. 병에 대한 인식이 부족해서였으리라. 얼마 안 돼 수년 동안 전 국민이 코로나로 고통받게 될 줄도 모르고 있을 때였으니 말이다. 하긴, 처음 시작되었던 중국에서조차 명쾌한 설명이 없었으니 그럴 만도 하다. 사람은 늘 자신의 문제가 돼야만 남의 억울한 심정을 안다.

사람들이 길에서 픽픽 쓰러지는 정체불명의 영상들이 돌아다니는가 하면, 골방에 숨어서 우한의 현실을 알리던 우한 청년이나 사안을 숨기는 정부에 맞서던 시민 기자 등의 비공식정보들이 흩뿌려져 있기에, 우리에겐 그저 두렵기만 한 병이었다. 도망가고 피하고 모른 척하고, 그사이 얼마나 많은 사람이 목숨을 잃었나. 유엽이뿐만 아니라 병원을 못 찾아 떠돌다 사산한 산모도 있었고, 어이없고 황당하고 억울한 죽음이 셀 수 없을 정도다.

자식을 잃고도 이성을 잃지 않으려 애쓰는 부모의 모습은 더 심금을 울린다. 인터뷰 내내 정신을 차리고자 애쓰던 아버지 음성이 마음에 남았다. 유엽이가 가고 아버지는 지역에 공공의료원이 없는 게 문제라고 생각하게 됐다. 그리고 청와대로 행군까지 해가며 아들의 죽음이 헛되지 않도록 애썼다. 대체로 힘 있는 사람들은 아무 미동도 없었다. 그렇게 따지면 세상에 억울한 죽음이 한둘이냐, 그저 운이 없을 뿐 아니겠냐는 태도였다. 하긴, 사람들은 자신의 문제가 돼야만 남의 억울함을 안다.

세상은 빠르게 변화하는 것 같지만 내가 처음 방송을 시작했던 17년 전과 지금 뉴스에서 하는 이야기가 다를 바 없기도 하다. 나는 종종 인터뷰했던 분들과 아주 가끔 안부를 주고받는다. 살다 보면 뉴스는 반복되고, 예전의 그분은 잘 지내시는지 궁금해지기 때문이다. 유엽이 부모님도 그중 한 분이었다.

"애가 타고 눈물이 납니다. 아무리 호소해도 바뀌지 않는 상황이 비통합니다. 건강한 애가 죽었는데 국가에서 나서서 좀 조사를 해줘야 하는 게 아닙니까."

"아직도 유엽이 이름만 들어도 말문이 막혀요. 수능 날에는 더 마음이 아팠어요. 그래도 주위 분들이 잊지 않고 찹쌀떡이랑 초콜릿이랑 갖다 주라고, 시험 잘 치라고…, 따뜻한 마음으로 기억해 주시더라고요. 그래서 저희도 수능 날 정말 고3 아이들처럼 유엽이한테 가서 시험 잘 치라고, 그렇게 얘기도 하고 그랬어요. 그냥 하루하루 무엇을 위해 살아가는지 모르겠지만, 버티고 있는 중입니다. 그냥 버티고 있어요."

1년 넘는 시간을 그런 연락을 주고받았다. 아마 답답한 마음에 힘도 없는 나 같은 사람에게 하소연하시지 않았을까. 실은 아버지가 공공의료원을 만들어 달라며 청와대까지 행군에 나설 땐 직접 전화를 걸어 주제넘게 만류하기도 했다. 얼굴 한번 본 적 없지만 유엽이가 남다르게 느껴졌고, 아버님이 암환자라는 게 마음에 걸려서였다.

"아버님, 유엽이는 아버지가 건강하게 오래 사시길 바랄 거예요. 암이 재발한다면 그건 유엽이를 위한 길이 아닐 겁니다. 유엽이가 아버님이 아프셔서 대신 마스크 줄 서다 갔는데 아버님이 행군하시다 병나시면 어떡합니까."

실은 나조차도 아버님이 주장하시는 공공의료원에 회의적이었다. 뉴스를 오래 하며 '공공'이라는 좋은 뜻이 힘 있는 사람들에게 악용당하는 것을 여러 번 보았기에 조심스럽게 말씀드렸다. 공공의료원 같은 거 생기면 요즘 같은 세상에 있는 집 자식들만 의사 면허 따는 통로가 되지 않겠냐고. 아버님, 솔직한 마음으로 저는 아버님께서 정치적으로 이용당하지 않으실까 걱정됩니다, 라고.

아무리 위해서 하는 말이라도 부모님과 나는 실제로 만난 적이 없다. 불쾌하게 들릴 수도 있는 오지랖이었다. 그렇지만 연락을 이어오며 내 진심을 아셨던 걸까, 두 분은 섭섭해하지 않으셨다. 그저 유엽이 같은 일이 다시 생기지 않기를 바라는 마음이라고.

유엽이가 가고 2년을 채워가던 날, 대구에 일이 생겼다. '대구'라는 이야기를 듣는 순간 이번엔 꼭 부모님을 뵙고 와야겠다 생각했다. 일을 마치고 40분 정도 차를 타고 가니 유엽이가 다녔다는 경산 성당이 보인다. 그 맞은편에 있는 예쁜 분식집이, 유엽이 엄마의 일터였다.

"안녕하세요!"

나 역시 인터뷰한 분을 사적으로 다시 만난 건 처음이었다. 그런데 마치 잘 알고 있던 분들처럼 어찌나 반갑던지. 유엽이 부모님은 '버선발로 나오듯' 환하게 맞아주셨다. 거의 음성으로만 만났던 두 분이지만 딱 보기만 해도 얼마나 화목한 가정이었을지 상상이 됐다. 죽 둘러보니 미술을 전공했다는 어머니 솜씨로 꾸민 예쁜 점토 인형과 알록달록한 식당이 정감을 준다.

서울에서 내가 온다니, 아예 오는 손님도 돌려보내신다. 조미료를 하나도 안 넣은 귀한 김밥과 먹기 아까운 도시락을 내오셨다. 생각해 보니 온종일 한 끼도 못 먹었다. 입에 사르르 녹는 음식을 먹으며 셋은 오래 알던 사람들처럼 도란도란 이야기를 나눴다.

이야기의 8할은 물론 유엽이었다. 얼마나 착한 아들이었는지, 자랑스러운 아들이었는지. 이야기를 듣다 보니 TV 뉴스에서는 그저 한 사건의 피해자로만 소개됐던 소년이, 입체적으로 다가온다. 아, 한 소년이 정말로 세상에 살고 있었구나. 이렇게 부모님이 사랑하던 소년이었구나.

문득 아버님이 유엽이가 살아있을 때 가족 단톡방을 보여주셨다. 그런데 어머니가 '예쁜 부인'으로 저장돼있는 거 아닌가? 아버님, 엄청 애처가시네요! 했더니 앵커님, 엽이가 아빠 폰에 그렇게 저장한 거예요, 하신다.

아들이 가고 나서 주인 잃은 계정은 어느 순간 '알 수 없음'으로 바뀌고 함께한 톡도 사라졌다. 어머니는 안타까운 마음에 아들 번호로 전화를 걸어보았다. 역시나 주인이 바뀌었다. 전화 주인이 "누구세요?" 묻는데 차마 "죽은 우리 아들 번호예요." 할 수는 없었다. 말없이 끊고는 하루를 펑펑 울었노라고 담담히 이야기하신다.

분명 살 수 있는 아이가 사망했다, 그냥 운이 나빠서가 아니라 '의료붕괴' 때문이었다. 하지만 정부도, 경산중앙병원도, 영남병원도 애도의 표현조차 없었다. 지역구 국회의원도 울며 찾아온 부모님을 바쁘다며 돌려보냈다. "생업 때문에 바빠 아들을 늦게 병원 데려간 것 아닌가요?" 시의원은 자신이 내뱉었다는 말을 기억할까. 과연 어느 부모가 열이 펄펄 나는 아들을 집에 내버려 두겠냐고 묻고 싶다. 혹시 공천만 받으면 당선이 안전한 동네라, 단 한 사람이라도 억울한 사람의 마음을 읽어주는 게 의무인 걸 잊은 건 아닌지.

"사실 앵커님 계신 곳으로 모시러 가려고 했는데, 차가 너무 오래돼서 불편하실 것 같아 간다고 말을 못 했어요."

아들 나이만큼 된 차를 몰고, 그날도 아버지는 울며불며 열나는 아들을 태워 갔다. 번번이 입원을 거절당할 때마다 내가 지역 유지라도 되었다면, 비싼 외제 차라도 몰고 갔더라면 혹시 응급실에 들어갈 수 있었을까 자책한다고, 여러 번 시간을 돌려 본다고. 아버님 표정이 씁쓸하다.

사실 유엽이 이야기를 길게 쓰는 이유는 나 역시 부끄러웠기 때문이다. 뉴스를 오래 하고 아이도 낳으며 세상과 부모의 마음을 잘 안다고 착각했다. 그런데 나 역시 유엽이를 외면했던 많은 사람들처럼, 내가 속한 세상을 중심으로 생각한 게 아닌지. 공공의료원 문제만 해도 그렇다. 그저 정치인들 표팔이에 아버님만 이용당하실 뿐이다, 만들어도 적자 나기 일쑤다, 라고 회의적으로 생각했다. 그런데 차분히 부모님 말씀을 들어보니 꽤 큰 도시인 경산에서조차 병원이 귀하다. 지방으로 가면 더 그럴 것이다. 아직도 어느 집안 누구, 하면 통하는 동네도 여전히 많아서 위급한 치료가 밀리는 경우도 꽤 있다는데, 서울 토박이도 아니면서 내가 사는 도시처럼 다른 곳도 그리 굴러가려니 생각했던 것 같다.

어떤 사건도 시간이 흐르면 점점 뉴스에서 잊혀진다. 다루고 싶어도 다룰 수 없다. 세상 사람들은 또 잊어버리고, 그래서 세상은 변하는 것 같으면서도 변하지 않는 것 같다. 그래서 아들 잃은 아버지가 할 수 있는 것은, 아들이 살아 돌아오지 않을 걸 알면서도 몸부림 치는 것뿐이었나 보다.

그날 내가 받은 환대와 함께 나눈 공감 모두 잊지 못할 것 같다. 기차 시간을 아슬아슬하게 남기고 유엽이 방을 꼭 보여주고 싶다며 집에 데려가 주신 아버지. 2년 만에 나는 한 번도 만난 적 없는 유엽이의 얼굴을 보았다. 꼭 아주 익숙한, 잘 아는 아이처럼 느껴졌다.

유엽이 이야기를 길게 쓰는 이유는, 첫째 내가 부끄러웠기 때문이고, 두 번째는 직업상 다루었던 수많은 사람들의 이야기가 정말 '사람'의 이야기임을 느꼈던 잊지 못할 경험이었기 때문이다. 모자이크나 음성변조라도 되면 더더욱 가상의 존재처럼 느껴지는 사람들이지만 이렇게 각자 말 못 할 사연을 간직한다. 무심코 지나쳐도 되는 존재는 아무도 없는 것이다.

그리고 마지막으로, 오늘 우리가 살아가는 시간이 누군가에겐 정말 간절했던 시간이었음을 가슴 깊이 느꼈기 때문이다. 아무리 사는 게 바빠도 귀하게 살고 싶다.

청춘은 청춘에게 주기 아깝다고 했는데,
줄 수만 있다면 유엽이 같은 아이들에게
청춘을 주고 싶다.

10년을 투자하고 깨달은 부자가 되는 원칙
+ 기사 읽는 법

　　나는 가정을 꾸리고 서른이 넘어서야 '돈'에 대해 관심을 가졌는데 요즘 청춘들은 그 시기가 매우 빠른 것 같다. 지난 몇 년간 유동성 잔치로 모든 자산 가격이 폭등해서 그런지 경제적 지식이 빠삭한 친구들이 꽤 많다. 부끄러운 얘기지만 나는 처녀 때 내 급여일이 언제인지, 이번 달 급여가 얼마인지도 잘 모르고 살았다. 일단 부모님과 같이 살아 돈 나갈 곳이 없는 데다가 아빠가 은행원이라 통장 관리를 다 맡겼던 이유가 컸다. 돈을 잘 안 쓰는 스타일인 데다 운도 좀 따라주어 월급만으로도 동년배들보다 많이 불린 것 같다.

　　언젠가 기회가 되면 이야기하겠지만, 처음 내 근로소득을 발판 삼아 집을 장만하고 스스로 뿌듯하고 대견해서 만나는 동기들에게 집을 살 것을 목에 힘주어 권유했고, 그 결과 부동산 상승세를 타고 모두 자기 집이 있는 부자(?)가 되었다. 물론 나도 이 정도로 오를 줄은 몰랐다. 그저 한 명의 경제인으로 살아가기에 '내 집'이 주는 안정감을 내 주변인들도 알게끔 하기 위해 무주택자를 만날 때마다 전도한 셈인데, 결과가 좋았던 것이다. 사실 그때는 대출도 잘 나왔고 집값도 이렇게 비싸지 않았고 직장 동기들이야 얼마를 버는지 뻔히 알고 있어서 집부터 사라고 권유 혹은 강요를 할 수 있었던 것 같다. 요즘 그랬다가는 의절당하기 십상일 테지만.

대학 때 복수전공을 경제학으로 한 덕도 조금 봤던 것일까. 아니 그건 아닌 것 같고, 짠순이처럼 아껴 쓰고, 돈을 불리는 것 혹은 경제적 마인드를 갖추는 것에 관심이 많은 편이다. 부모한테 손 안 벌리고 남편에게 크게 의존하지 않으니 나름대로 경제적 독립체라고 생각하는데, 그래서 이번 편에서는 20년 가까운 사회생활 동안 내가 깨달은 부자 되는 원칙을 좀 적어보려고 한다. 물론 내가 큰 부자라는 뜻은 전혀 아니고, 나 역시도 한 살이라도 젊었을 때 알았으면 좋았을 원칙들이 많았기 때문이다. 내가 20대부터 이런 생각을 했다면 지금쯤 취미로 일하고 있을 텐데…, 가끔 그런 생각이 들어서다.

먼저 부자는 소수라는 걸 인정해야 한다. 부자는 왜 소수인가? 모두가 부자라면 부자일 필요가 없다. 그럼 어떤 사람들이 부자가 되는 걸까? 그 답을 이 나이 되고서야 좀 알 것 같다.

왜 대부분 사람은 부자가 되지 못하는가? 경제 용어 가운데 '잡지표지효과'라는 것이 있다. 잡지에는 수많은 기사가 있지 않은가? 그 많고 많은 기사 가운데 표지에 나올 만큼 화제가 되기 전까지 보통 사람들은 관심을 갖지 않는다고 해서 '잡지표지효과'다. 모두가 알 만큼 화제가 되는 상품이 없다면, 어지간해서는 게임에 참여하지 않는 것이 일반인의 투자 유형이다.

그런데 문제는 그 일반인들이 게임에 참여하는 타이밍에서 발생한다. 즉 많은 사람이 투자에 참여하는 그 시점에, 잘 상승하던 시장이 하락으로 전환되는 경우가 허다한 것이다. 주식투자에서 어떤 종목이 이슈가 됐을 때, 그 종목이 '개미들의 무덤'이 되는 걸 너무도 많이 보아 왔다.

살다 보니 '무엇을' 사는 것보다 '언제' 사느냐가 경제적 자유를 가를 때가 훨씬 많았다. 난 가끔 주식투자를 할 때 '워런 버핏이라면 어떤 결정을 할까?' 혼자 상상해보곤 한다. 워런 버핏 같은 유명한 투자자들은 무엇이든 잡지 표지에 나오기 전에, 그러니까 남들보다 몇 발 앞서 투자에 뛰어들지 않는가? 오죽하면 '거리가 피로 흥건할 때 사들여라'라는 금융계 격언까지 있을까.

내가 뉴스 진행을 했다는 것은 큰 행운이었다. 우리에게는 늘 기회가 있었다. 언제? 경제기사를 꼼꼼히 읽고 있을 때. 나는 뉴스를 그냥 진행하는 데 그치지 않고 매일같이 경제기사를 읽는 덕분에 한 발까진 아니어도 반 발짝씩 투자의 씨앗을 미리 뿌릴 수 있었다.

예컨대 오늘 신문에 '원유가격이 사상 최저로 떨어져, 투자자들 불안' 혹은 '주식시장 패닉, 영끌족 어떡하나'라는 헤드라인이 떴다고 생각해 보자. 그럼 처음엔 '투자한 사람들 어떡하냐, 이제 쪽박 차겠네.' 정도에서 사고가 멈추기 쉽다. 하지만 매일같이 경제 신문을 읽은 사람이라면 오늘 기사에 묘사된 상황이 저점, 즉 투자 타이밍을 암시하고 있다는 걸 캐치해야 한다. 물론 단순히 떨어진다고 다 투자 타이밍이라는 건 아니다. 기사에 나온 산업이 나중에라도 수요가 되살아날 수 있는 산업인지, 주식이라면 기업 가치 자체가 훼손된 것인지까지 몇 다리 건너 전망할 수 있는 안목이 있어야 한다.

원유산업을 다시 예로 들어보겠다. 한동안 원유산업은 전 세계적으로 인기가 없는 사업이었다. 산유국들이 과잉생산을 하는 데다, 친환경 바람까지 타면서 더 전망이 없어 보였다. 하지만 코로나 시기에 어떻게 되었는가? 인기가 없어진 탓에 공급이 확 줄어있었는데, 코로나 시기에 유동성이 폭발하면서 원유를 비롯한 원자재 수요가 갑자기 폭등했다. 친환경 시대가 됐다고 해도 우리는 여전히 '화석에너지'를 필요로 한다. 공급이 0이어서는 살 수가 없다. 전기차가 늘었다지만 그 전기는 어디서 올까. 여전히 석탄발전소에서 상당량의 전기를 생산하고 있다. 게다가 코로나 시기에 엄청나게 써재낀 플라스틱 제품, 일회용품은 어디에서 오나. 다 석유에서 온다.

당시 투자 쪽에서 신재생에너지가 테마주였다. 잡지 표지에 나온 건 신재생에너지였던 셈이다. 물론 인류의 삶을 위해서 신재생에너지 투자는 늘 필요하다. 하지만 여전히 전체 에너지 생산량 가운데서 신재생 부분은 10%에 불과한데, 마치 이게 전체인 양 투자자들의 화제에 오른 것이다. 장기투자, 가치투자로 유명한 워런 버핏이 이렇게 모두의 관심이 원유산업을 떠날 때 미리 비중을 늘려 큰 수익을 얻은 것은 유명하다. 위기 속에서 기회를 읽고 투자에 뛰어든 것이다.

투자 쪽에는 '비싸게 파는 것보다 싸게 사는 것이 훨씬 중요하다'라는 말이 있다. 사실 부동산이든 주식이든 '사는 것은 기술이요, 파는 것은 예술이다'라는 말도 있다. 사람의 욕심이라는 건 본능과 같아서 매도 타이밍을 잡는 것이 훨씬 어렵고, 그러니 싸게 사야만 수익을 볼 수 있다는 뜻이기도 하다.

이 모든 타이밍은 경제기사를 읽을 때만 포착할 수 있다고 생각한다. 그런데 '기사를 해석하는 힘'이 '읽는 것'보다 훨씬 중요하다. '직업이 방송 쪽이니까 아는 사람도 많고 정보 주는 사람도 많지 않아요?'라고 말하는 사람들도 있는데, 단언컨대 나의 많은 투자 아이디어는 경제기사에서 왔다. 그러면 또 이렇게 묻는 사람들이 있다. '소문에 사고 기사에 팔라'는 말도 있는데 기사 보고 투자하면 망하는 것 아니냐고. 물론 그 말도 맞다. 하지만 그렇다고 해서 기자들이 무능한 사람들이라 기사가 타이밍이 늦는 것은 아니다.

기자들은 칼럼니스트와 업무가 다르다. 애널리스트도 아니다. 특히 경제뉴스라면 전망보다는 겉으로 드러난 상황을 스트레이트로 다뤄야 할 때가 훨씬 많다. 그리고 기사는 그 특성상 '내재된 가치'보다는 명확하게 현상으로 드러난 팩트에 더 힘이 실린다. 예측을 정확하게 한 사람이 수익을 얻는 것이 투자인데, 헤드라인은 현재형 혹은 과거형으로 뽑히다 보니 기사 보고 투자하면 늦는다는 말이 나오는 것이다.

그러니까 경제면에서 '이게 올랐다', '가격이 미쳤습니다', '사상 최고' 이런 기사를 읽고 뒤늦게 그 종목에 뛰어드는 것은 실패할 확률이 훨씬 크다.

같은 신문을 읽더라도 미래의 가치가 어디에 있는지를 찾아내는 안목이 더 투자에 중요하다

그것이 지난 10년 동안 내가 직접 투자를 하면서 느낀 점이다.

사실 우리 인생 자체가 그렇다. 남들 다 좋다고 우르르 몰릴 때 같이 뛰어드는 것보다는, 리스크를 감수하고서라도 먼저 개척하는 사람들이 후에 더 잘되지 않는가? 유튜브 같은 경우도 레드오션이 되기 전에 진입해 꾸준함을 유지한 사람들 가운데 100만 유튜버가 더 많이 나왔다. 남들 다 먹고사는 산업에 꽂혀 있을 때 과감하게 반

도체에 올인한 창업주 덕분에 삼성전자가 세계적 기업이 된 것도 그렇고, 그렇게 남보다 먼저 시작하는 사람들의 용기는 '인사이트'에서 온 것이다. 인사이트 없이는 아무것도 새로 창조할 수가 없다.

인사이트는 하루아침에 생기는 것이 아니기 때문에 경제기사도 읽고 인문학 공부도 하고, 여러 가지 문화생활도 하면서 본인만의 인사이트를 기르는 것이다. 본인만의 인사이트, 본인만의 시각을 기르지 않으면 투자뿐 아니라 인생에서도 성공하기 힘들다는 걸, 살아갈수록 더 많이 느낀다.

워런 버핏이 코카콜라에 장기투자해서 큰 부자가 됐다는 건 유명하지만, 그가 코카콜라 투자를 시작한 나이는 50대였다. 50대라는 걸 알고 얼마나 깜짝 놀랐던지! 나도 아직 늦지 않은 것이다. 코카콜라가 가격 상승도 상승이지만 연 4% 고배당을 한다니, 웬만한 적금보다 훨씬 낫다. 나 역시도 '워런 버핏이라면?'이라는 질문으로 당연히 미국 주식을 갖고 있다. 미국 주식이 오르락내리락 변동성이 클 때도 있지만, 기본적으로 우리는 글로벌 시민인 만큼 미국 주식은 젊을수록 일찍 투자했으면 한다. 세계 공통 화폐나 다름없는 달러로 자산을 갖고 있는 것이니 일종의 안전자산 성격도 있는 데다 버핏처럼 우량, 배당주 위주로 장기투자한다면 결국 10년 뒤에는 웃고 있을 것이다.

요즘 청춘들은 내가 같은 나이일 때보다 훨씬 경제적 지능이 발

달해 있지만, 그래도 꼭 말해주고 싶은 게 있다. 한때 한창 '파이어 족'이 인기였다. 젊을 때 바짝 일하고 돈을 모아서 조기 은퇴를 하겠다는 꿈 말이다. 나도 조기 은퇴가 꿈이긴 했으니 충분히 이해가 간다. 하지만 은퇴할 만큼의 자본이 어느 정도나 필요할까? 5억? 10억? 내가 회사 생활하면서 1억의 종잣돈을 모으는 데 5년이 걸렸으니, 사회 초년생들에겐 몇억 정도면 엄청나게 커 보인다. 적어도 집 하나 장만해두고 적게 소비하면 하고 싶은 일 하면서 자유롭게 살 수 있지 않을까? 꿈꿔볼 수도 있겠다. 그러나 '파이어'도 좋은데 일은 그만두어도 투자는 평생 했으면 좋겠다. 지금 10억이 있다 해도 그 돈의 가치가 영원히 지금 같으란 법은 없다. 나만 해도 경제활동을 시작할 때 서울 도심에 3억 정도면 번듯한 아파트를 살 수 있었던 것 같다. 그땐 경제적 마인드가 전혀 없었으니 대출 끼고 샀으면 되련만 돈 모아야만 사는 줄 알고 많은 기회를 놓쳤다.

앞으로 화폐가치는 하락할 것이다. 시기를 쪼개보면 등락은 있었을지언정 인류 역사를 길게 놓고 볼 때 화폐가치 하락은 어김없는 진실이다. 그렇기 때문에 은퇴를 꿈꾼다면 더더욱 월급을 대체할 배당 수익, 혹은 월세 같은 것을 마련해 둬야 한다.

물론 시장은 언제나 롤러코스터를 반복한다. 고배당을 주던 주식도 산업이 휘청이면 배당을 멈추고 주가가 폭락하기도 한다. 하지만 이때도 변함없는 진실은, 인사이트를 갖고 투자하는 사람은 위기에도 버티더라는 것!

이제 뉴스에서 '주가가 폭락했다'는 기사가 뜨면 가슴이 뛰어야 투자자다!

코로나가 처음 발병했을 때 코스피를 포함해 전 세계 주가가 주 저앉았다. 개인적으로는 그날이 내가 아이 낳고 닫아버린 주식계좌를 7년 만에 다시 연 날이었고, 소액이지만 계좌가 몇 년 동안 가장 큰 수익을 기록했다. 사실 집은 실거주가 목적이니 '투자'와는 좀 다른 영역이지만, 내가 집을 샀던 때는 다들 집 사기를 기피하던 시절이었다. 다행히 내가 뉴스를 진행하면서 경제기사도 부지런히 챙겼기 때문에 '오늘이 가장 싼 날'일 거라는 확신이 들었다.

'돈'에 대한 생각은 모두 다르기 때문에 아직도 뉴스를 진행하는 입장에서 돈 얘기를 꺼내긴 매우 어려웠다. 그럼에도 불구하고 이런 글을 쓰는 이유는 가면 갈수록 인사이트를 갖는 게 중요한 시대가 돼 간다는 걸, 뉴스를 하면서 강하게 느끼기 때문이다. 예전처럼 공부 열심히 하고 번듯한 직장에 들어가서 또 성실하게 일하기만 해도 의식주가 해결되던 시대가 끝나간다고 느끼기 때문이다.

지난 10년간 뉴스를 진행하면서도 단순히 경제기사를 전달하는 데 그치지 않고 소액이라도 플레이어로 시장에 참여하고자 노력했다. 부동산도 주식도 해보고 코인도 해보고 하는 식이다. 처음엔 그저 경제기사에 나온 의미를 잘 전달하고 싶어서였다. 처녀 때 "삼성전자 주식이 100만 원을 돌파했습니다"라는 앵커 멘트를 하면서도 그게 우리 경제에 구체적으로 어떤 의미인지 잘 몰랐다. 주식 아니 투자 문외한이었기 때문이다. 내가 비로소 투자자로 참여하면서 경제기사에 담긴 인사이트를 이해하게 됐고, 부자가 되는 원리, 산업의 향방, 사람들의 심리, 거창하게는 세상이 돌아가는 원리를 이해하게 됐다면 지나친 과장일까?

이 글을 읽고 있는 분들도 매일같이 경제기사를 꼭 읽고 세상에 관심이 많았으면 좋겠다. 수년이 쌓이다 보면 어느 순간 인사이트가 생기게 될 것이다. 인사이트가 생긴다는 것은 내 인생을 해결하는 자신감이 생긴다는 뜻이다. 경제적 수익은 둘째다. 무엇보다 이런 오랜 훈련들이 내 인생을 물질적 정신적으로 풍요롭게 하더라는 걸, 나는 지난 10년간 뉴스와 투자를 병행하면서 확신하게 됐다.

모든 투자자들이 떠날 때 매수 타이밍을 잡았던 워런 버핏처럼, 우리 인생에 닥칠 수많은 위기의 순간을 냉철하게 바라볼 수 있다면 좋겠다. 위기가 기회가 되는 지혜를 나는 투자에서 배웠다.

10년 만에, 개인

인간은 개인으로 태어나 개인으로 죽는다. 그러나 늘 평생을 개인으로 살 수 있는 것은 아니다. 결혼하기 전엔 몰랐다. 원하는 시간에 원하는 행동을 할 수 있는, 빈둥댈 수 있는 자유조차도 그렇게 소중한 줄! 분명 자유국가에 살고 있지만, 일평생 동일한 수준으로 자유가 보장되는 건 아니었다. 엄마가 되고, 개인은 사라졌다. 내가 엄마가 되고 청춘이 끝났다는 표현을 썼는데, 정확히 말한다면 온전히 나만을 위해 시간을 보낼 수 있는 '개인'으로서의 시기가 끝났다는 의미이기도 하다.

난 내가 '독박육아'의 삶을 살고 있다곤 절대 생각하지 않는다. 국가의 영유아 지원제도와 직장어린이집 배우자 친정엄마 찬스까지 고루 쓸 수 있었으니까. 감사하고 늘 이만큼 일과 육아를 병행할 수 있는 게 놀랍기만 하다. 하지만, 아무리 그래도 엄마로서 아이에게 최소한의 것들만 해주어도 나를 위한 시간은 담보할 수 없다. 특히 둘째 아이가 세상에 나온 뒤로는 언제나 내 주변은 시끌벅적하다. 아이들이 돌아온 시간에 나랑 통화해본 사람은 내가 얼마나 정신없는지 기억할 것이다. 미혼 때처럼 혼자만의 시간을 갖기는 더 어려워졌다.

그러다 혼자서 무려 열흘을 보내게 됐다. 뜻밖의 일이었다. 코로나에 감염되고 만 것이다. 온 나라가 확진자 수를 매일같이 업데이트하던 때라 처음엔 간이 철렁했다. 나 때문에 다른 사람이 걸렸으면 어떡하지, 가족은? 난 도대체 어디서 걸린 거지…, 머릿속이 복잡했다.

보통 때처럼 뉴스를 마치고 집에 온 주말, 한기가 느껴져 아이들과 따로 자면서부터였다. 우리 집은 내가 아이 둘을 데리고 한 침대에서 자는데 그날은 왠지 몸살 기운이 아주 살짝 놀았다. 나 스스로가 아이들 없으면 잠을 못 자는 터라 어지간해선 그러지 않는데 이 날만큼은 남편에게 아이들과 자 달라고 부탁을 했다. 혹시나 싶어서도 아니고, 자고 일어나 그냥 자가진단 키트가 눈에 띄길래 검사해봤더니 허걱! 두 줄이 뜨는 것이다.

문득 둘째를 가졌을 때도 생각난다. 한 줄이 뜨기에 얼핏 '아니구나' 했더니 웬걸 한 5분 있다 보니 희미하게 두 줄이 뜬다. 코로나 검사도 비슷한 식이었다. 한방에 딱 두 줄이 아니다. 임신 진단 이후로 습관처럼 한 5분은 두고 본다. 그랬더니 희미하게 두 줄이 드러나기 시작한다. 결국은 아주 선명하게. 아뿔싸! 코로나에 걸린 것이다.

　그 뒤부터는 몸이 8배속으로 움직였다. 문을 걸어 잠그고 칭칭 감은 채 오늘 방송은 못 하노라 말씀드리고 PCR 검사 되는 곳을 찾아 방황. 설 연휴 일요일이라 안 되는 곳도 많았다. 아무튼, 스믈스믈 올라오는 감기 기운을 느끼면서 '제발 나 때문에 감염되는 사람만 없게 해주세요…'만 무한 반복했다. 남편은 문밖으로 먹을 걸 나르다가, 아이들 포함해 모두 음성이 뜬 걸 확인하고 나만을 남겨놓고 본가로 가서 또 아이들과 격리를 시작했다. 내가 좁은 방에서 나오지도 못하니 안 되겠나 싶었나 보다. 그렇게 집 안에 횅하니 나만 남겨졌다.

　이것이 10년 만에 — 내가 다시는 누리지 못할 줄 알았던 — 혼자만의 시간을 갖게 된 계기였다. 운이 좋았던 건지 몸살 증상이 있긴 하지만 아주 심각하게 아프진 않았다. 다행히 나와 만난 사람들 가운데서도 확진자가 없어 한시름 놓았다. 도대체 나는 어디서 걸린 건지 알 수 없었지만 말이다.

　증상이 가벼운 감염병 환자가 할 수 있는 일은 그저 누워 휴식을 취하면서, 증상을 스마트폰 앱에 기록하고 물을 많이 마시는 것뿐이었다. 목이 따끔거려 잠들기 쉽지 않다 보니 감기약에 약한 수면유도제를 섞어 마셨다. 그랬더니 몸이 늘어져 열흘 중 나흘은 거의 자기만 했다. 아파서 드러누운 게 아니라 처져서 드러누운 거다.

아픈 와중에도 누워있는 처지가 신기했다. 맞아, 난 원래 엄마가 되기 전엔 잠이 엄청 많았던 사람이다. 온종일 등이 뽀개질 때까지 태아처럼 잔 적도 있다. 하루 종일 누워있어도 된다니! 심지어 늦잠을 실컷 자도 아무 일도 일어나지 않는다! 큰 애를 낳고 집에 와서 두 시간마다 젖을 물린 이후로 아침에 기상하는 시간을 정하는 건 내가 아니었다. 아침잠 많은 내가 밥 차리려고 부스스 일어나지 않아도 되고 유치원, 학교 보내느라 부산떨지 않아도 된다. 그저 자기 싫을 때까지 약 먹고 자다가 일어나서 배고프지 않을 만큼 먹으면 된다. 집 더러운 꼴을 못 참는 엄마였지만 아픈 몸이니 청소도 당분간 포기한다. 혼자 먹은 그릇과 부스러기만 잘 치우면 끝이다. 와, 하루가 이렇게 길었다니….

문득 첫아이를 데리고 와 첫 밤을 보냈을 때 막막함이 떠오른다. 갑자기 극기훈련장에 혼자 떨어진 느낌이었다. 잠도 못 자고 밥 먹는 시간도 화장실 가는 것도 아이가 허락할 때만 가능하다는 것에 초보엄마는 깜짝 놀랐다. 갓난아기를 안고 어쩔 줄 몰라 혼자 집에 있을 때면 아예 안고 있었으니, 허둥지둥 연발이었다. 오롯이 나만을 위해 살던 이기적인 인간이 내 맘대로 할 수 있는 게 하나도 없다. 사회적 관계도 갑자기 끊긴다. 처음엔 억울한 마음도 들고 울적한 마음도 들다가 그래도 엄마니까 그런 감정도 느낄 틈이 없다. 애가 예쁘니까. 그러다 둘째가 태어나니 정말 더 정신없다! 한 10년

사니 그것도 익숙해져서 내가 혼자 마음대로 시간을 쓸 수 있었던 자유 인간, 엄연한 한 명의 개인이었음을 잊고 살았다.

아픈 건 서럽지만, 아이들 걱정도 되지만, 이왕 이렇게 된 거 실컷 게으름 피워보자. 애들 때문에 못 먹던 치킨도 쿠팡이츠라는 걸로 처음 시켜보았다. 혼자 먹으니 엄청 배부르다. 하루 한 번씩 그걸 사흘에 나눠서 먹었다.

격리 일주일이 되니 더 이상 아무 증상이 없다. 컨디션도 조금씩 돌아오고 있다. 그러다 보니 퍼뜩 이사를 앞두고 있다는 사실이 생각난다. 게을러진 몸뚱이를 달래서 이삿짐 정리를 시작했다. 중간에 날짜가 안 맞아 보관이사도 해야 하기 때문에 가져갈 것, 보관할 것 다 각각 분류해야 하는데 벌써 마음이 급했다.

아이들은 전화로 엄마 보고 싶다고 난리다. 나도 보고 싶긴 한데, 사흘 후면 격리해제라 이 시간이 아까워 죽겠다. 아프다고 누워만 있었더니 집안 난리 난 것도 슬슬 눈에 들어온다. 어쩔 수 없이 아줌마라, 뭐라도 하기 시작한다.

몇 시간을 꼬박 매달려 잔짐들을 분류하는데 이게 하루에 될 일이 아니다. 10년 만에 게으름을 피우며 아, 내가 혼자 시간 보내던 젊은 날이 있었지 싶었는데, 아이들 짐을 정리하다 보니 또 생각이 복잡해진다. 애들은 왜 이렇게 조그만 장난감 스티커, 예쁜 쓰레기

(?)를 애지중지 쌓아두는 걸까. 둘이 성별도 달라 품목도 다양하고 대성통곡할까 봐 함부로 버릴 수도 없다. 학원도 안 보내는 두 아이인데 밀린 문제집도 많다. 늘 둘째까지 집에 오면 정신이 없어 공부 봐줄 생각도 못 했는데 엄마로서 반성 또 반성하며 몇 시간을 쭈그려 앉아 정리했다.

게으름도 피우다 지쳐 자가격리 끄트머리에는 결국 10년 만에 조용한 집에 앉아 개인이 아닌 엄마로 돌아와 집안일을 하고 있는 나를 발견했다. 어이없게도 역병에 걸릴 때 비로소 엄마는 혼자만의 시간을 보낼 수 있었다. 이제 하루 이틀 지나면 가족들이 돌아오고 다시 이 빈집은 떠들썩해질 것이다. 열흘을 갇혀 지냈더니 슬금슬금 엄마로 또 사회인으로 돌아가고 싶어진다.

아마 오랫동안 이 낯선 세흐름, 개인으로서의 시간은 돌아오지 않을 것이므로 똑똑히 기억해 둬야겠다. 아마도 내가 청춘의 시간으로 돌아간다면 시간을 온전히 자신만을 위해 쓸 수 있는 게 얼마나 귀한지 알아두라고 말할 테니. 혼자 열흘을 지내는데 무려 10년이 걸렸으니 말이다.

뉴스를 한다는 것

평일엔 아이 엄마로, 프리랜서로 산다. 한가할 것 같지만 어린 아이들을 챙기느라 여유는 접어둔 지 오래다. 그러다 주말이면 광화문으로 출근한 지 이제 3년이 다 돼 간다. 어쩌다 보니 하이브리드 방송인, 프리랜서인 듯 직장인인 듯 그 사이에 껴서 살고 있다. KBS를 관두고 일거리를 찾다가 먼저 에이전트를 계약하게 됐고, 그 뒤에 뉴스 제안이 들어오게 되면서 나름대로 하이브리드형 앵커로 살고 있는 셈이다. 의도했던 상황은 아니었지만, 내겐 아직 뉴스에 대한 미련이 남아있었다. 큰아이를 임신하면서 그만두었던 9시 뉴스, 새로운 시작을 멋지게 해내겠다는 다짐보다는 어어어 하다 그만둬버린 뉴스 앵커로서의 삶을 이번 참에 잘 마무리하고 싶었다. 게다가 주말만 출근하면 되는 조건이었기 때문에 아직 엄마의 손길이 필요한 아이들에게도 좋을 것 같았다.

사람들은 내가 27살 때 짜자잔 메인앵커로 직행한 줄 알지만, 새벽녘 아주 짧은 5분짜리 뉴스 코너부터 시작했다. 언젠가는 아침 6시에 5분 저녁 8시에 5분 나왔다. 1시간이든 5분이든 자다가 나올 수는 없기 때문에 꼬박 하루를 매여 있느라 피곤에 쩔어있던 기억이 난다. 그러고 10분짜리, 30분짜리, 1시간짜리로 점점 시간대를 옮겨가며 뉴스를 진행했다. 크고 작은 뉴스를 한 시간을 다 합치면 거의 20년이다. 강산이 2번 변한 것이다. 이제는 밥먹듯이 익숙하게 진행하지만, 솔직히 말하면 또 익숙한 듯 익숙하지 않다.

주말 저녁 7시, 광화문 청계천 광장으로 오면 내가 방송하는 걸 유리창 너머로 볼 수 있다. 일명 '오픈스튜디오'라고 해서 유리로 된 스튜디오를 1층에 만들었기 때문이다. 나에겐 업으로 하는 일이라 이젠 익숙한데, 처음 보는 사람들에겐 신기한가 보다. 모여서 구경하는 시민들이 꽤 많다. 사실 생방송 중에는 초긴장 상태지만, 가급적 '아이들'이 보이면 꼭 손을 흔들어준다, 엄마가 주말만 앵커로 사는 동안 집에서 아빠와 있을 우리 아들딸이 생각나기 때문이다. 그러고 보니 정작 우리 가족들은 내가 뉴스하는 모습을 직접 본 적이 없다

오픈 스튜디오 밖 시민들은 나를 구경한다. 나는 유리창 너머로 세상을 구경한다. 늘 똑같은 것 같아도 매일 거리를 지나는 사람들은 다른 사람들이다. 한국 사람들은 뭐가 그리 억울한 게 많은지, 시위 주제도 매일 바뀐다. 한쪽에서는 대통령 물러나라 그러고 한쪽에

서는 대통령이 잘한다 한다. 한쪽 시위대는 옛날 트로트를 틀어대고 한쪽 시위대는 트렌디한 댄스음악을 틀어댄다. 매일 유리창 밖으로 보이는 시위 주제가 바뀌다 보니, 더욱더 세상 속에 있는 것 같은 느낌이 든다.

뉴스만 보면 세상이 곧 망할 것 같아 안절부절하다 어느새 잊혀지고, 또다시 '망할 것 같은' 뉴스가 생긴다. 십몇 년 전 나오던 뉴스랑 지금 나오는 뉴스는 사실…. 비슷하다. 숨가쁘게 발전한 것 같은 세상이지만, 여전히 힘들고 괴롭고 가난하고 고통받는 사람은 존재한다, 그래서 때로는 회의감에 빠진다. 세상이 전혀 나아지는 게 없는 것처럼 느껴지니까.

그렇지만 이 불공평한 세상, 어찌 됐든 열심히 살아내야만 한다. 아무것도 바뀌지 않는 것 같아도 바꾸고자 이리저리 오늘도 애쓰는 한국인들의 다이내믹한 모습은 그 시도 자체만으로도 의미가 있다. 언젠가부터 뉴스를 진행할 때마다 그런 생각을 하게 됐다.

사람들이 생각하는 것보다 앵커는 세상을 잘 모른다. 적어도 뉴스를 준비하는 시간은 그렇다. 현장을 뛰어다니는 기자들과 달리 앵커는 준비 시간 내내 밀폐된 실내에 있다. 그 시간 동안 신문 활자와 보도채널을 통해서 세상을 읽고 있다. 내 시간에 내가 전해줘야 할 세상을 접하는 건 적어도 준비 시간 동안은 누군가가 만들어 놓은 프레임을 통해서다. 여러 언론사가 만들어놓은 프레임과 기자들이 취재해 올린 것들 그리고 역시 실내에서 진행되는 회의를 통해 더 듬더듬 내가 전해줄 세상의 맥을 잡아간다. 한 꼭지당 보통 서너 문장, 그 서너 문장 속에 '야마'라고 불리는 맥을 잡아내기 위해 앵커는 사실 세상 속이 아니라 노트북 속 수많은 뉴스거리들을 보며 고독한 싸움을 매일같이 이어간다.

오픈 스튜디오로 갈 때마다 KBS 9시 뉴스를 하던 시절의 새해 첫날이 생각난다. 종편이 없고 지상파만 존재하던 시절, 방송 3사는 보통 새해 첫날 광화문에 큰돈을 들여 오픈스튜디오를 임시로 설치했다. 어느 방송사가 더 멋진 오픈스튜디오를 세우고 어느 방송사가 광화문 광장의 세종대왕이나 이순신 장군이 잘 잡히게 자리를 잡느냐가 관건이었다. 스튜디오 근처에 세워둔 거대한 중계차에 꾸기고 앉아 멘트를 쓰다가 생방송 시간이 되면 사다리를 타고 올라갔다. 앵커를 그만두고 처음 맞았던 새해 첫날, 아기 낳기 직전 음악회를 보러 가면서 지나치는 광화문은 참 낯설었다.

그때는 사람들에게 방송국 스튜디오가 더 신기해 보였을까. 방송 시간이면 많은 사람들이 에워싸서 화장실 가기도 좀 힘들었다. 그에 비하면 요즘 오픈 스튜디오 앞에 모이는 시민 숫자는 많지 않다. 사람들 사고방식도 달라지면서 방송이라고 예전처럼 무작정 신기하진 않기 때문에. 지금은 방송이나 뉴스를 볼 때 일반인들이 느끼는 신비함은 많이 떨어진 것 같다. 그럼에도 불구하고 여전히 오픈스튜디오 안에 있는 나는 유리창 밖의 사람들을 보면서 새삼 사

람 이야기를 전하고 있구나, 그중엔 저 사람들도 있겠구나, 자각하
게 된다.

요즘은 아나운서 후배들이 예전만큼 뉴스 앵커를 희망하진 않
는다. 특히 여성 앵커는 기자가 진행하는 일이 훨씬 많아졌다. 그럼
이제 노땅 레벨이 된, 지금의 나는 어떨까.

메인 뉴스가 30%를 찍던 시절 어린 시절을 보냈고 줄곧 뉴스가
꿈이었지만, 애증의 장르이기도 했다. 특히 20대에 큰 뉴스를 하다
보니 젊은 날이 온통 재미없는 일들로 가득 찬 느낌이다. 슬픈 이야
기만 하다 보니 정신적 타격도 좀 있었다. 당시 분위기로는 미혼 여
성 앵커들은 결혼을 좀 미루는 분위기도 있었는데 9시 뉴스 2년 차
에 만난 지 얼마 안 된 남편과 결혼을 감행한 것도 솔직히 그런 이유
였다. 솔직히 유부녀가 되면 개편 때 잘리지 않을까, 했는데 그냥 시
켜서 의아했다. 어떤 선배들은 일 욕심 가득한 내가 생각보다 빨리
결혼을 하니 의외라는 반응을 보였다. 만난 지 얼마 안 된 남자랑 결
혼을 한다 하니 뭔가 있나? 의심하는 눈초리도 있었다. 하지만 그만
큼 딱 그 시점엔 결혼하는 게 소원이었다. 사실 1년 정도 몰아치듯
소개팅을 했는데 웃긴 건 남편이 거의 처음 한 소개팅 상대였다. 1
년 전에 만난 사람을 나중에 다시 만나 바로 결혼한 것이다. 이제는
말할 수 있다!

내가 보기엔 분명히 이 남자 눈에 꿀이 떨어졌다. 그런데 지금

남편은 '니가 착각한 거 아냐? 난 너가 쫓아다녀서 결혼해준 거야'라고 말한다. 아무튼 내가 보기엔 분명히 나를 좋아했다. "난 연애하기 싫고 피곤하다. 연애할 거면 결혼 날짜를 잡자." 미친 척하고 던졌더니 이게 웬걸, 이 남자가 덥썩 잡는 게 아닌가!

가슴에 손을 얹고 그 정도면 잘한 결혼이었다. 만난 지 얼마 안 돼 서로 잘 알지도 못하고 했는데 이 남자가 사기꾼이었으면 어쩔 뻔했냐 이 말이다. 빠르게 결정한 것 치고는 너무 반듯한 사람이 걸렸다. 다시 결혼할 거냐고 묻는다면 '웃기고 재미있는 사람'이랑 하고 싶다는 마음…, 있을까? 크크. 유머 감각을 떠나 아주 검소하고 'FM'이고 반듯하고, 아이들에게 좋은 아빠라고, 아무도 궁금해하지 않지만 혼자 소개해 본다. 신랑도 내가 밖에서 자기 얘기하는 걸 안 좋아하기에 결혼 얘기는 여기서 일단 마무리.

사실 내 진짜 성격은 그리 진지하지도 똑똑하지도 않다. 우리 딸이 '엄마는 코미디언'이라고 할 정도로 농담하는 게 좋다. 때론 밝고 친근한 프로를 엄청 하고 싶어, 변신을 모색했지만 역시 나를 아는 분들에겐 뉴스 앵커 이미지가 더 강하다.

아이들 엄마가 되어보니 내 인생 꽤 긴 시간을 크고 작은 뉴스와 함께 한 건 축복이었다. 20대에는 너무 바쁘고 피곤해 '시집만 가면 관두리라' 다짐한 적도 있다. 정말 난 내가 40대까지 방송, 뉴스를 하고 있을 줄은 몰랐다. 사실 그 또한 감사한 일이다. 특히 인터뷰로 만났던 많지 않은 분들과 가끔 안부를 전하게 된 것은 가장 큰 보람이다.

언젠가부터는 이 뉴스를 어찌하면 더 잘할까보다 어찌하면 잘 마무리할까를 생각한다. 확실히 나이가 들긴 했나? 모든 것이 영원하지 않다는 생각이 부쩍 든다. 매일 반복되는 일상이라 지긋지긋할 때도 있었는데, 요즘 들어 뉴스를 위해 온전히 보내는 하루하루와 작은 순간순간들이 소중하다. 벚꽃이 곧 지는 줄 알기에 더 아름다워 보이는 것, 아이들이 커가니 매 순간이 아깝고 기록하고 싶은 것과 비슷한 감정일까? 평범했던 여대생이 일과 개인의 균형을 맞추며 어느덧 40대가 되었다. 마음만은 청춘이지만 육체적 청춘 역시 영원하진 않을 것이다. 나에게 방송인으로서 주어지는 시간만큼은, 청춘이 아깝지 않도록 최선을 다하리라, 다짐한다.